推理小説

高原鉄道《ハイランド・トレイン》殺人事件

西村京太郎

祥伝社文庫

目次

高原鉄道殺人事件

1

アルファベットのHの右のタテ棒を信越《しんえつ》本線とし、左のタテ棒を中央《ちゅうおう》本線とすると、真ん中の横棒に当たるのが、小諸《こもろ》と、小淵沢《こぶちざわ》とを結ぶ小海《こうみ》線ということになる。

小海線は、全長七八・九キロ。単線で、しかも非電化だから、ディーゼルカーが、ごとごと走る。

急行も、もちろん特急もなく、二、三両連結のディーゼルカーが走るだけのこの線が有名なのは、日本で、一番高いところを走る列車だからである。

日本で、一番高いところにある国鉄の駅は、標高一三四五メートルの野辺山《のべやま》駅だが、この野辺山は、小海線にある。その他、二位の清里《きよさと》（一二七四メートル）、三位の甲斐大泉《かいおおいずみ》（一一五八メートル）など、九位までの駅が、すべて、この小海線である。

そのため、小海線は、別名、高原鉄道とも呼ばれている。

中央線の小淵沢で、小海線に乗りかえると、列車は、左手に、雄大な八ヶ岳《やつがたけ》連峰を見ながら、走る。

赤岳《あかだけ》（二八九九メートル）以下、硫黄《いおう》岳、横《よこ》岳、権現《ごんげん》岳、編笠《あみがさ》山など、二〇〇〇メートルクラスの山が、夏でも、雪を頂《いただ》いて、眼の前につらなるのだ。

小淵沢から四つ目の野辺山は、ペンションの多いところで、シーズンには、観光客で賑《にぎ》やかになる。

また、ここには、本物のSLや、本物の客車をそのまま使ったSLホテルがある。

鉄道ファンの亀井《かめい》刑事の息子、健一《けんいち》は、前から、このSLホテルに泊まりたがっていた。

日本で、一番高い駅で降り、SLホテルに泊まることである。

健一は、その時に連れて行ってくれと、父親に頼んだが、刑事という仕事は、約束しても、事件が起これば、旅行どころではなくなってしまう。

ちょうど十月には運動会の振替え休日から「体育の日」までの八、九、十日が小学校は三連休になる。健一にはまたとない旅行のチャンスだった。

そこで、亀井は、親戚の娘で、女子大生の井上由紀《いのうえゆき》に、健一を連れて行ってくれるように、頼んだ。

「いいわ」

と、由紀は、あっさり承知してくれたが、すぐ、言葉を続けて、

「私ね、今年の冬休みまでに、アルバイトをしてスキー旅行のお金を貯めるつもりだった

の。健ちゃんの子守りをする間は当然、アルバイトは出来なくなるわ」

「健一は、もう六年生だから、いつも、一緒にいてくれなくても大丈夫だよ」

「でも、アルバイトは、出来ないわ」

「それは、そうだが」

「一日五千円になるアルバイトがあったの。三日で、一万五千円だわ」

「つまり、その損害を、私に、持ってくれというんだろう？」

「伯父さんだから、三千円にまけとくわ。三日分の日当として、九千円、それに、もちろん、交通費やSLホテルの宿泊費なんかもね」

「わかったよ」

亀井は、苦笑して、銀行から、五万円ばかりおろしてきて、それを由紀に渡し、健一にも、別に一万円渡して、十月八日に、送り出した。

その日の夜おそく、健一から電話が入った。

小海線の野辺山に着き、SLホテルに入ったというのである。

「由紀はどうしている？」

亀井がきくと、健一は、

「疲れたって、もう、寝ちゃってるよ」

と、いった。

この時点で、亀井は、由紀のことは、心配していなかった。

もう二十一歳になっているし、ひとりで旅行するようだったし、どちらかといえば気の強いほうだったからである。

健一は、身体《からだ》は大きいが、何といっても、まだ、小学六年生だった。

「今日、カブト虫を二匹つかまえたよ。すごく大きいんだ――」

健一は、それだけいって電話を切った。そっけない、いかにも、男の子の電話だったが、それでも、楽しんでいることだけはわかって、亀井は、ほっとした。

翌九日の午後四時頃、警視庁にいた亀井に、電話が、かかった。

「長野から、お電話です」

という交換手の声で、ああ、健一からだなとわかったが、なぜ、警視庁にいる亀井に回してきたのか、とっさに、判断がつかなかった。家には、妻がいるはずだったからである。

「もし、もし」

と亀井がいうと「パパッ」と、健一の甲高《かんだか》い声が、飛び込んで来た。

「お姉ちゃんが、死んじゃったよ！」

「死んだ？　どうしたんだ？」

亀井は、わけのわからない質問の仕方をした。死んだという言葉は、聞いたのに、こんなときには、その言葉が、ただの音としか聞こえなかった。

「死んじゃった」

と、また、健一がいった。

「くわしく、話してみろ」

「今朝、食事をしたあとで、お姉ちゃんが、ちょっと、出かけてくるといったんだ」

「どこへ行くといってた？」

「知らない。教えてくれなかった」

「それから？」

「僕は、だから、ひとりで、貸自転車に乗って、踏切へ、写真を撮《と》りに行ったんだ」

「踏切？」

「国鉄で一番高いところだよ。野辺山駅から二キロほど行ったところに、小海線の踏切が

2

あって、そこが一三七五メートルで、一番高いんだ」

「由紀は、その踏切で死んだのか？」

「違うよ。踏切は、僕が、写真に撮ってきたんだ」

健一の話は、なかなか、焦点が定まってこない。小学生だから、仕方がないとは思っても、思わず、腹が立って、

「じゃあ、どこで死んだんだ！」

と、つい、怒鳴ってしまった。

「写真を撮って、ホテルへ戻って、それから、警察の人が来たんだ。井卜由紀って人を知ってるかってきくから、知ってるっていったら、乙女《おとめ》駅で死んだって、教えられたんだよ」

「乙女？」

「小海線に、そういう名前の駅があるんだよ。そこで、死んだっていうんだ」

「死因は、何なんだ？」

「シイン？」

「死んだ原因だよ。列車に、はねられでもしたのか？」

亀井が、大声できくと、電話の向こうで、急に、声が変わった。

健一の声から、大人になって、

「長野県警の林《はやし》といいます」

と、いった。

「私は、警視庁の亀井ですが、何か事件なんですか?」

「殺人事件です。乙女駅のホームで、井上由紀さんが、殺されました」

「誰に、どんな方法で、殺されたんですか?」

「犯人は、まだ、見当もつきません。井上由紀さんは、射殺されました」

「射殺? 銃で射《う》たれたんですか?」

「そうです」

「なぜ、そんなことに――」

亀井は、思わず、絶句してしまった。

(健一と一緒に行ってくれと頼んでなければ、こんな目にあわなくてもすんだのではないか?)

亀井が、最初に考えたのは、そのことだった。

「遺体は、どこにあるんですか?」

と、亀井は、きいた。

「小諸署です。小諸署に、捜査本部が置かれると思います」

「とにかく、すぐ、そちらへ行きます」

亀井は、捜査一課長に、特別に許可を貰《もら》い、その日のうちに、上野《うえの》から、信越本線に乗った。

一八時〇〇分上野発のL特急「あさま21号」に乗った。

座席に腰を下ろしてから、時刻表を開いて、乙女駅を探した。

小海線の駅だが、野辺山とは、反対方向で、小諸の二つ手前である。

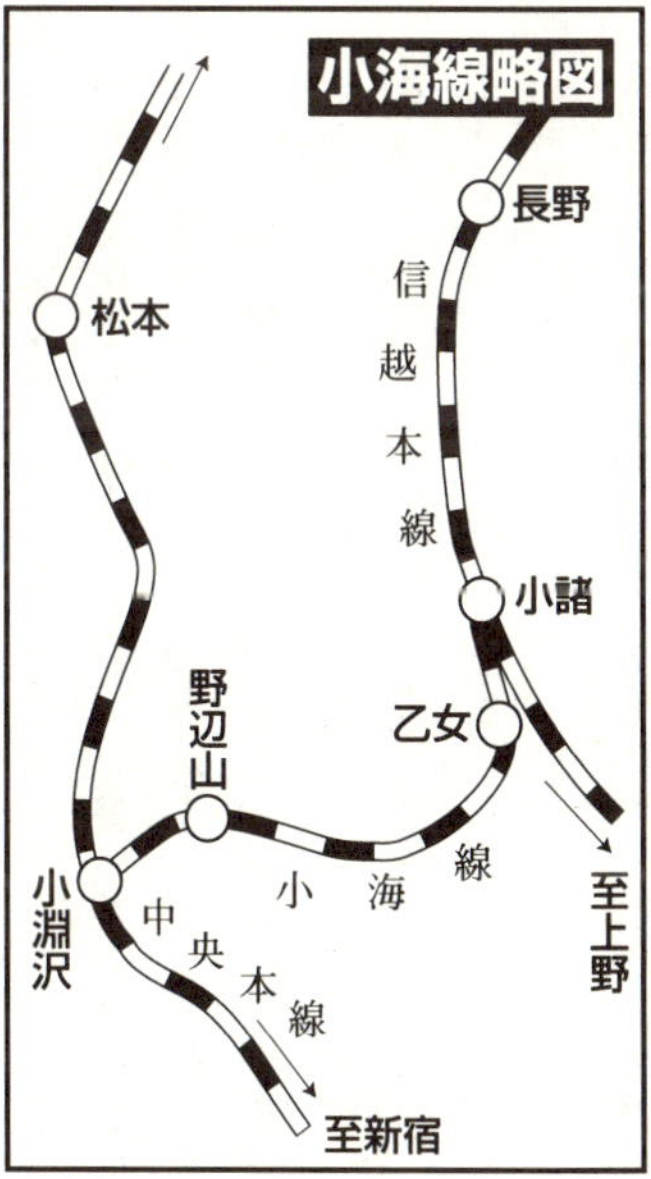

SLホテルのある野辺山から、小海線で、一時間五十六分かかる小さな駅だった。こんなところに、由紀は、何をしに行ったのだろうか？
「乙女」という、いかにもロマンチックな名前につられたのだろうか？
小諸に着いたのは、二〇時二七

分。すでに暗くなっていた。

改札口を出ると、電話をくれた長野県警の林刑事が、迎えに来てくれていた。

「井上由紀さんのご両親も、間《ま》もなく見えると思います」

と、林は、警察署に案内しながら、亀井にいった。

「そうですか」

亀井は、自然に、気が重くなってくる。

「息子さんも、野辺山から、こちらへ来てもらっています。ひとりでは、心細いだろうと思いましてね」

「いろいろと、気を遣《つか》っていただいて、ありがとうございます」

亀井は、頭を下げた。

「射殺事件というのは、珍《めずら》しいので、こちらでも、驚いています」

「そうでしょうね。乙女駅というのは、どんな駅なんですか？」

「小さな無人駅ですよ」

「そうですか。小さな駅ですか」

「ただ、名前がロマンチックなので、若い女性に人気があります。小諸を、『娘貰《こもろ》』と読ませて『娘貰』から、『男答女《おとめ》』というわけで、縁談が成立するというめでたい切符ということで、売り出していいます。なかなか人気があって、よく切符が売れたようですが、最近は、それほどではなくなったみたいですね」

と林は、いう。

（由紀は、何しに、乙女駅に行ったのだろうか？）

亀井は、歩きながら、考え込んでしまった。

妹夫婦の娘だが、さほど、しげしげと、会っていたわけではない。だから、由紀が、どんな生活を送り、どんな友人とつき合っていたか、亀井には、わからない。

（誰かと、乙女駅で、デイトの約束をしていて、殺されたのだろうか？）

小諸署に着くと、亀井は、まず、署長にあいさつしてから、由紀の遺体に、対面した。

3

白布に蔽《おお》われた遺体は、眠っているように見えた。が、ワンピースの胸のあたりが、血で染まっていた。その血は、乾《かわ》いて、赤黒く変色している。

「ご両親が間もなく、到着されるというので、そのあとで、解剖に回すつもりでいます」

と林刑事が、いった。

「弾丸は、どんなものが、使われたんですか？」

亀井は、手を合わせてから、林にきいた。

「傷痕《きずあと》から見て、三十八口径の拳銃で射たれたと考えていますが、肝心《かんじん》の弾丸が、見つからないのです」

「すると、弾丸は、貫通しているわけですか？」

「そうです。背中をごらんになると、貫通していることがわかります」

「するとかなり至近距離から、射たれたことになりますね？」

「われわれも、そう考えています。ただ、貫通した弾丸が、まだ見つかっていないので、拳銃の種類も、わかっていません」

「そのほかに、何かわかっていることはないんですか？」

「被害者は、ホームの端、小淵沢寄りに、俯《うつぶ》せに倒れているところを、発見されました。時刻は、十一時四十五分頃と思われます。一一時五三分に、乙女駅を発車して、小淵沢へ行く上り列車がありまして、それに乗るために、乙女駅へ来た東京の若い女性の二人連れが、ホームに倒れている被害者を見つけたというわけです」

「すると、十一時四十五分までの間に、殺されたことになりますね」

「そうです。もう一つ、亀井さんの息子さんの証言では、被害者は、朝の七時半に朝食をすませ、八時には、ホテルを出ています。とすると、八時一五分野辺山発の下り小諸行きの列車に乗ったと思われます。この列車の乙女駅着は、一〇時〇二分です」

「ちょっと待って下さい」

と、亀井は、相手を手で制して、

「彼女は十時二分に、乙女駅に着いて、十一時四十五分までの間に、ホームで殺されたわけですね？」

「そうです」

「その間、一時間四十三分もありますよ」

「わかっています。その間に、被害者を見た者はいなかったのかということですね？」

「そうです」

「そこが問題なのです。時刻表を見ていただくとわかりますが、乙女駅に停《と》まる列車は、一〇時〇二分の下りの次は、こうなります」

林は、時刻表から、書き抜いて見せた。

下り　一〇時四二分
上り　一一時〇七分

上り　一一時五三分
下り　一二時一四分

「このうち、一一時〇七分に乙女駅に着いた上り列車の車掌が、被害者と思われる女性が、ホームの端のほうに、立っているのを見たと証言しています。誰かを、待っているようだったそうです」

「そうすると、彼女は、十一時七分から、四十五分までの間に、射たれて、死んだということになりますね？」

「そうです」

「三十八分間ですか」

その間に、犯人は、ホームにいる由紀に近づき、至近距離から、射殺したのだ。無人駅なら、他人に見とがめられずに、誰でも、ホームに入って行くことが出来る。

一列車おくれて、妹夫婦が小諸に着いた。

亀井は、ひたすら、謝るより仕方がなかった。

人の好《よ》い義弟は、

「娘が殺されたのは、義兄《にい》さんのせいじゃありませんよ」

と、いったが、一人娘である。口惜《くや》しさと、悲しさは、想像するに、余りある。妹の菊子《きく》《こ》は、ただ、黙って、嗚咽《おえつ》していた。

遺体は、両親の了解を得て、解剖に回された。

亀井は、長野県警が手配してくれた市内の旅館に、健一と二人で、泊まった。

「由紀姉ちゃんを殺した犯人を、捕えなければならん」

と、亀井は、寝床の中で、息子にいった。

いつもは、九時を過ぎると眠ってしまう健一だが、さすがに、眠れないらしく、寝床に腹這《はらば》いになって、「うん」と、いった。

「でも、どうしたらいいのか、わからないよ」

「お姉ちゃんが、こちらに着いてから、何をしたか、全部、話してくれればいい」

「一緒に、野辺山のＳＬホテルに泊まったんだ」

「それは、わかってる。誰かから、電話はかかってこなかったか？」

「かかってこなかったよ」

「じゃあ、誰か、訪ねてこなかったか？」

「ううん」

「それなら、由紀姉ちゃんのほうから、どこかへ電話をかけなかったか？」

「ああ、かけた」

「いつだ？」

「昨日の夕方。食事のあとだった」

「どこへ電話したか、わからないか？」

「わからないよ。でも、百円玉を、何枚も用意してからかけてたから、遠くに電話したんだと思う」

「そうか、百円玉を何枚も用意していたのか」

たぶん、その電話で、今日のデイトを約束して、乙女駅で待っていたのだろう。

犯人は、そのデイトの相手だろうか？

「由紀姉ちゃんは、どうして、殺されちゃったの？」

健一が、枕に、あごをのせるようにして、亀井に、きいた。

「問題は、それだが――」

亀井は、煙草《たばこ》に火をつけ、じっと、考えこんだ。

流しの犯行ではないだろう。ハンドバッグは、死体の傍《そば》に落ちていたし、現金も盗まれてはいなかった。ハンドバッグが見つかったので、身元も、野辺山のＳＬホテルに泊まっていることも、すぐわかったのである。

第一、流しの犯行では、銃はめったに使われないだろう。

4

翌朝、娘が死んでいた場所を見たいという妹夫婦に、亀井は、県警の林刑事と同行した。


小諸から小海線で二つ目、六分で着く近さである。

爽《さわ》やかな秋の陽《ひ》が、降り注《そそ》いでいる。

四人は、小さな無人駅のホームに降りた。

単線の駅で、ホームは、片側に一つしかない。

ほかにも、若い男女が、五人降りたが、「乙女」の駅名標示板の前で、記念写真を撮って、出て行ってしまった。

林が、ひっそりとしたホームの端へ、亀井たちを連れて行った。

そこに、チョークで、人形《ひとがた》が描かれていた。まだ、血痕《けっこん》が、赤黒く残っている。

小さな花束が、その傍に、置かれてあった。

妹夫妻は、自分たちの持ってきた花束を置き、手を合わせている。

そんな妹夫妻に、亀井は、

「一昨日の夕方、由紀ちゃんから、電話がかかってこなかったかな？」

と、きいた。

妹は、黙って、首を横に振り、義弟は、

「かかりませんでしたよ」

「彼女は、一昨日の夕方、野辺山のホテルから、誰かに、電話しているんだ。その電話で、デイトの約束をして、昨日、ここに来たと思うんだよ。彼女は、決まった恋人はいなかったの？」

亀井がきくと、妹夫婦は、顔を見合わせたが、妹の菊子が、

「二、三人、つき合っていた男の子はいたと思うけど、名前は、わからないわ」

「彼女の日記や、手紙なんかを見たら、わかるんじゃないかな？」

「ええ。でも、見てみないと」

「東京へ戻ったら、すぐ、調べてほしいな。彼女を殺した犯人を、どうしても、捕えたいんだ」

亀井は、熱っぽく話した。

妹は、肯《うなず》いた。

ホームに描かれた人形《ひとがた》によれば、由紀は、頭を、小諸方向に向けて、俯せに倒れているのを、発見されたことになる。

普通、三十八口径の拳銃で、近い距離から、射たれた場合、その強烈なショックで、仰《あお》向《む》けに倒れるものである。

それが、俯せに倒れていたというのは、なぜなのだろうか？

腹を射たれると、激痛から、身体を折り曲げて、前に倒れることもある。しかし、由紀が射たれたのは、胸である。しかも、前方から射たれたものと見られているのだ。

小諸に戻って、昼食になった。

小学生の健一は、先に、ひとりで、東京に帰した。上野駅には、母親が迎えに来てくれることにしたから、大丈夫だろう。

午後二時になって、解剖の結果が、わかった。

死亡推定時刻は、昨日の午前十一時から十二時の間で、死因は、心臓を貫通したことによる心臓機能の破壊というものだった。

乙女駅周辺の聞き込みが行なわれたが、十一時七分から、十一時四十五分までの間に、銃声を聞いたという人間は、見つからなかった。おそらく、サイレンサーつきの銃が、使われたのだろう。

また、怪《あや》しい人物を見たという目撃者も、見つからなかった。

「こうなると、被害者の交友関係を調べるより方法はありませんね」

と、県警の林刑事が、溜息《ためいき》をついた。

亀井は、野辺山を見て、中央線経由で、東京へ帰ることにした。

小諸から、小淵沢行きの列車に乗った。

三両編成の可愛《かわい》らしいディーゼルカーである。

列車は、しばらく佐久《さく》の田園地帯をひた走る。陽差しはやわらかいが、窓を開けると、ひんやりした風が、車内に入ってくる。

左に、浅間《あさま》山が見え、右手の窓からは、八ヶ岳が見える。

やがて、千曲《ちくま》川が見えてくる。この辺りから、標高が高くなり、高原列車の感じになってくる。

二時間半ほどして、野辺山に着いた。

駅のホームには、「国鉄最高駅野辺山標高一三四五米」の立て看板が立っているのが見えた。

秋の連休なので、この辺りから、車内が混んできた。

車窓の風景は、いっそう、雄大なものになってきて、二〇〇〇メートルを超《こ》す山々が、すぐ近くまで迫ってくる。

（こんなところで、なぜ、殺人が起きたのだろうか？）

亀井は、不思議な気がした。

終点の小淵沢で、中央線に乗りかえ、新宿《しんじゅく》に着いたときは、夜になっていた。

5

妹夫婦が、由紀の部屋を調べた結果、二人の男の名前が、浮かんできた。

一人は、別の大学の四年生、もう一人は、同じ大学の同級生だった。

別の大学の学生のほうは、調べた結果、アメリカへ行っていることがわかった。

もう一人、由紀と同じ大学の中野勇《なかのいさむ》は、東京のアルバイト先のレストランで、つかまえることが出来た。

上野の有名なレストランである。

中野は、背の高い、なかなかハンサムな青年だった。

「彼女が死んだことは、新聞に出ていたんで、知っています」

と、中野は、いった。

「彼女とは、かなり親しかったようだね？」

「ただのガールフレンドです」

「二人だけで、泊まりがけで、海へ行ったことがあるんじゃないのかね？」

亀井は、由紀の部屋にあった中野の手紙の文面を、思い出していた。

「それは、一度だけです」

「十月九日の一日の行動を教えてくれないかね？」

「十月九日というと、日曜日ですね。その日なら、いつものように、朝の十時から夕方まで、この店で、働いていましたよ」

「それは、嘘《うそ》だね。さっき、店のご主人に聞いたら、君は、九日は、休んでいる」

亀井の言葉に、中野は、青くなった。

「そうだ。九日は、休んで、友人の車を借りて海へドライブに行ったんです。僕は、海が好きなんです」

「誰と？」

「ひとりで行ったんです」

「どこの海へ？」

「南房総《みなみぼうそう》です」

「それを証明することが出来ますか？」

「出来ませんよ。ひとりで行ったんですから」

中野は、むっとした顔でいった。

アリバイはない。しかし、もし、この学生が犯人だとすると、動機はいったい何だろうか？　それに、拳銃を、しかも、サイレンサーつきを、どうやって、手に入れたのかが、問題である。

警視庁へ戻り、十津川《とつがわ》に、報告すると、

「大変な事件に巻き込まれたねえ」

と、心配してくれた。

「申しわけありませんが、あと二、三日、この事件を調べさせて下さい。私が、彼女を死なせてしまったような気がして、仕方がないんです」

「気持ちはわかるが、あまり、突きつめて考えないほうがいいよ」

十津川は、なぐさめるようにいってから、

「西本《にしもと》刑事を、協力させよう。目下、凶悪事件も、起きていないから」

亀井は、西本と二人で、まず、中野のことを、調べてみることにした。

中野は、一年浪人してから大学に入っているので、由紀より一歳年上である。

小田急《おだきゅう》線の経堂《きょうどう》近くのアパートに、ひとりで住んでおり、大阪に住むサラリーマンの父親から、一ヵ月十万円の仕送りを受けていた。

アパートの管理人や、住人の証言によると、中野は、明るい性格で、近所づき合いもいいという。しかし、由紀以外の女性も、時々、アパートへ訪ねて来たようだった。

「動機が、見つかりませんねえ」

と、西本が、いった。

中野と、由紀は、二人だけで、夏の海へ行ったことがあるから、肉体関係があったと見ていいだろうが、それだけで、中野が、由紀を殺すとは考えられない。

それに、中野と、銃も、結びつかないのだ。誰か、家族が、海外旅行でもしていれば、拳銃を密輸していたことも考えられるが、その形跡はなかった。

次に、亀井は、由紀の女友だちに当たってみることにした。

あいにく、試験休み中なので、なかなか、見つけるのに苦労したが、彼女のところに来ている手紙から、二人の女友だちに会うことが出来た。

その一人から、亀井は、面白い話を聞いた。

由紀が、タレントの黒木明《くろきあきら》とつき合っていたというのである。

「六本木《ろっぽんぎ》のディスコに行ったとき、知り合ったの」

と、その女友だちは、いった。

（由紀は、そういうところにも、行っていたのか）

と、亀井は、軽い驚きを覚えた。

ほかの女子大生なら、どんな事件を起こしても、べつに驚きはしないのだが、身近な娘が、ディスコに行ったり、とかくの噂《うわさ》のあるタレントとつき合っていたと聞くと、驚くのは、職業病みたいなものだろうか。それとも、身びいきのようなものだろうか。

「黒木明といえば、大麻さわぎなんかで、問題になった男だろう？　それに、奥さんもいるはずだが」

亀井は、首をひねった。

「でも、彼女は、前から、黒木明に興味を持っていたみたいだし、黒木のほうも、女子大生というので、物珍しかったみたい」

と、女友だちは、笑った。

「二人は、どの程度のつき合いだったんだろうか？」

「女に手が早い黒木明だから、いい線をいってたと思うわ」

「由紀のほうは、どうだったのだろうか？　ただの遊びと思っていたんだろうか？」

「楽しんでいたことは、確かよ。時々、黒木を脅《おど》かしてやるんだって、笑っていたから」

「脅かす？」

「ええ」

「しかし、どうやって、脅かしていたんだろう？」

「それは、わからないけど、黒木って、一見アウトローみたいに見えるんだけど、本当は気が弱いんですって。それに、大麻なんかで、イメージダウンしてるから、今度、問題を起こしたら、芸能界で生きていけなくなる。それを、怖《こわ》がっているんだって、彼女は、いってたわ」

「君は、黒木明に会ったことがあるの？」

同行した西本刑事が、きくと、由紀の女友だちは、笑って、

「あるわ。彼女と一緒にだけど」

「どんな印象だった？」

「芸能界の異端児だとか、アウトローとかいわれてるけど、あれはポーズで、本当は、芸能界を追放されやしないかと、びくびくしているような感じだったわ。わざと、乱暴な言葉遣いをしたり、ふてくされたりして見せてるけど、それは、完全にポーズだわ。由紀も、それがわかっていて、からかってるみたいだった。もちろん、黒木明に、惹《ひ》かれていたところもあると思うわ」

「そういう男は、一番、危険なんじゃないかね？」

と、亀井は、いった。

「そういえば、そうかもしれないわね」

「本当に、実力がある人間なら、めったなことで、動揺はしないし、気持ちが安定しているから、危険はない。しかし、黒木明が、君のいうような男なら、絶えず、自分を守ろうという意識が働いているから、危険この上ないんじゃないかね。そういう男は、きっと、大変なエゴイストだろうからね」

由紀は、そんな男に惹かれ、一方では、からかってもいたのではないのか。

「黒木に会ってみようじゃありませんか」

と、西本が、いった。

6

新宿西口にあるＴＴＫテレビの喫茶室で、黒木明に、会うことが出来た。

三十二歳のはずだが、白いＴシャツの胸に、自分の似顔絵をプリントしている。

亀井と西本が、刑事とわかると、黒木は、

「おれ、前に、警察の厄介《やっかい》になったことがあってねえ」

と、自分のほうからいい、ニヤッと笑った。

いわれそうなことは、自分のほうから先にいってしまえば安心だというような気持が、この男には、あるのかもしれない。

「井上由紀という女性を、知っていますか？」

と、亀井は、きいた。

ちょうど、見学の女学生が三人、喫茶室に入って来て、目ざとく黒木を見つけて、入口のところに立ったまま、こちらを見て、「黒木明だワ」と、さわいでいる。

黒木は、彼女たちに向かって、「はあーい」と、手をあげてから、向き直って、

「ええと、何でしたっけ？」

と、きいた。

亀井は、腹を立てるよりも、苦笑してしまった。

「井上由紀という女性を知っていますか？」

亀井は、辛抱《しんぼう》強く、くり返した。

黒木は、忙しげに、足を何度も組み直しながら、

「その女、どんな人なの？」

「十月九日に、長野県の乙女駅で死んだ女です。銃で射たれて死んだんですよ。どうやら、彼女は、あなたとつき合いがあったらしいので、伺ったのですよ」

「おれとねえ。でも刑事さん。おれは、週刊誌なんかで、いろいろと書かれているように、何人もの女とつき合いがあってねえ。おれは、ぱっと燃えるけど、すぐ、さめちまうんだ。だから、その井上なんとかという女の子とも、一度か、二度、つき合ったことがあるかもしれないけど、もう覚えてないなあ」

「十月九日の十一時から十二時まで、どこにいたか教えてくれませんか？」

「それ、アリバイっていうんだろう？」

「まあ、そうですがね」

「やだねえ、警察は、おれを疑ってるの？」

黒木は、大げさに、顔をしかめて見せてから、

「参ったね。こりゃあ、参った」

と、おどけていった。

亀井は、怒鳴りたくなるのを、押さえて、

「九日の午前十一時から十二時まで、どこで、何をしていました？」

「おれはねえ、過ぎたことは、全部、忘れることにしてるんだ。だから、いきなり、九日

のことをきかれても困るなあ」

「マネージャーに聞けば、わかるんじゃないんですか？」

「おれ、マネージャーは、いないんだ。それほどのスターじゃないからね」

「じゃあ、予定をメモした手帳はあるんじゃないですか？　それを見てくれれば、わかるんじゃないかと思いますけどね」

「そうだ。見てみるよ」

黒木は、ショルダーバッグの中から、黒い革《かわ》の手帳を取り出して、ページを繰《く》り始めた。

「十月九日ね。珍しく、夜まで仕事がないんで、朝寝坊しましたよ。それから、十時四十分の飛行機で、札幌《さっぽろ》へ行ったんだ。札幌のナイトクラブで、夜、唄う仕事があってね。ナイトキャップというクラブだよ。これで、おれのアリバイは、成立したんじゃないか」

「本当に、十時四十分の飛行機に乗ったんでしょうね？」

「ああ、乗ったよ。全日空のジャンボ機だった」

「しかし、十時四十分に乗ったら、十二時少し過ぎに、千歳《ちとせ》に着いてしまうでしょう？　夜まで、どうしていたんですか？」

「おれ、札幌は久しぶりだったんで、ゆっくり、市内見物をしていたよ。べつに、いけないことじゃないだろう？」

「べつに、悪くはありませんよ」

亀井は苦笑した。

7

黒木明と別れて、テレビ局を出ると、若い西本は、憤然とした顔で、

「何ですか。奴の態度は」

「頭に来たみたいだな」

「何度、殴《なぐ》ってやろうかと思ったかしれません。有名タレントかどうか知りませんが、思いあがってやがるんです」

「虚勢かもしれないよ。とにかく、九日の彼の足取りを調べるんだ。本当に、十時四十分の全日空で、札幌へ行っていれば、彼はシロだからね。札幌から、すぐ、羽田《はねだ》へ引き返して来ても、十一時から十二時までの間に、乙女駅で、井上由紀を、殺すことは、不可能だ」

「嘘に決まっていますよ。奴は、九日に、乙女駅へ行って、殺したんです」

西本は、よほど、黒木に腹を立てているらしく、極《き》めつけるように、いった。

警視庁に戻ると、亀井は、黒木明、中野勇の二人の顔写真を、長野県警に配送した。今のところ、どちらも、容疑者だったからである。

犯人は、九日の午前十一時から十二時の間に、小諸駅で降り、小海線に乗るか、あるいは、車で、乙女駅まで行き、ホームにいた由紀を射殺したのだ。

もし、黒木か、中野のどちらかが犯人なら、小諸駅か、タクシーかで、顔を見られている可能性がある。

北海道の道警本部にも、協力を頼んだ。九日の夜、黒木が、本当に、ナイトキャップというクラブに出演していたかどうか、調べてもらうためである。

羽田空港には、西本刑事が飛んで、十月九日の乗客名簿を調べた。

最初に、亀井のところに、連絡が入ったのは、羽田の西本からだった。

「間違いなく、一〇時四〇分発の全日空五七便に乗っています。少なくとも、乗客名簿に、黒木明の名前がありました」

と、西本が、電話でいった。

続けて、道警本部からも、連絡が入った。

十月九日の夜、九時三十分からのナイトキャップのショーで、黒木明は、唄っているという報告だった。

その夜、黒木は、クラブ側が用意したホテルに、泊まっている。

一日中、南房総の海で遊んでいたという中野のアリバイよりも、黒木のアリバイのほうが、堅固のように見えた。

翌日になって、長野県警からも、報告が来たが、これも、亀井にとっては、悲観的なものだった。

十月九日の午前十一時から十二時にかけて、小諸駅の駅員や、駅に出入りするタクシーの運転手の一人一人に当たったが、黒木明も、中野勇にも、心当たりがないという答えしか返ってこないというのである。

中野は、ただの学生だから、見落としてしまったということも考えられるが、黒木明の顔は、テレビや、週刊誌で、よく知られている。小諸の駅員や、タクシーの運転手が、見落とすということは、ちょっと、考えられなかった。

写真を見せた駅員や、運転手は、もちろん、黒木明をよく知っているということだった。

「どうも、うまくないようだね」

十津川も、心配して、亀井に、声をかけた。

「私は、黒木明が、犯人だと思っていたんですが、少し自信がなくなりました」

亀井は、正直にいった。

「九日の全日空機に、黒木明の名前があったからかね？」

「いえ、そのことには、さほど、驚いてはいません。黒木が、誰かに頼んで、彼の名前で、一〇時四〇分発の全日空機に乗せたかもしれませんから」

「なるほどね。それは考えられるね」

「私としては、黒木のような有名人が犯人なら、十月九日に、きっと、小諸駅で、駅員に顔を見られていると思って、期待していたのです。それが、外《はず》れてしまったことが、不安です。彼は、犯人ではないのではないかと思えて――」

「それで、これから、何を調べるつもりだね？」

「九日の夜の九時半から、黒木が、札幌のナイトクラブで唄ったことは、まぎれもない事実です。これは、否定しようがありません。もし、黒木が犯人なら、乙女駅で、井上由紀を射殺したあと、羽田に戻り、札幌へ飛んだに違いありません」

「ナイトクラブに夜の九時半には、着くようにだな？」

「そうです。千歳空港から、札幌市内まで、タクシーを飛ばせば五十分で着きます。特急列車で、四十分です。とすると、午後八時四十分には、千歳空港に着いていなければなりません。二〇時四〇分です」

亀井は、時刻表のページを繰っていった。

東京（羽田）発、札幌（千歳）行きの飛行機の二〇時までの便は、次のようになっている。

東京　　　　札幌

一八時〇〇分―一九時二五分（ＪＡＬ）

一八時〇〇分―一九時二五分（ＡＮＡ）

一七時〇〇分―一八時二五分（ＡＮＡ）

一六時四〇分―一八時一〇分（ＴＤＡ）

一六時一〇分―一七時三五分（ＡＮＡ）

一六時〇〇分―一七時二五分（ＪＡＬ）

一五時〇〇分―一六時二五分（ＪＡＬ）

「これ全部に乗れるというわけじゃないだろう？」

十津川がきいた。

「そのとおりです。由紀は、午前十一時から十二時、正確にいいますと、十一時七分から、十一時四十五分までの間に、乙女駅のホームで殺されました。犯人が、十一時七分に、殺したにしても、小諸駅に戻るのは、五分はかかります。小諸から、特急列車で、上野へ着くのに、二時間二十六分必要です。上野から羽田まで、車で高速を飛ばしても、一時間はかかります。しかも、これは、機械的に、時間を計算してです。現実には、十一時七分に殺しても、小諸から、すぐ乗れる列車はありません。一一時五三分発の急行『信《しん》州《しゅう》4号』か、一二時〇〇分発の特急『白山《はくさん》2号』に乗るよりないわけです。前者は、一四時三〇分に、後者は、一四時三四分に、上野へ着きます。それから、更に、一時間かかるわけですから、羽田に着けるのは、十五時三十分にはなってしまいます。とすると、一五時発のJALには、乗れません」

「しかし、それでも、六便残るよ」

「全部、調べてみるつもりです。どうせ、偽名で乗ったでしょうが、偽名と、偽《にせ》の住所を書いた乗客が何人いるか、調べてみるつもりです」

亀井は、西本と羽田へ行き、一六時から一八時までに、札幌へ飛んだ飛行機の乗客を、全部、当たってみた。

747SRで、定員が五百五十名、DC—10でも、三百七十名、L—1011で三百二十六名もある。

しかも、秋の連休で、どの便も、ほぼ満席であった。

二人が、乗客名簿をコピーしてきて、十津川も手伝って、全乗客を洗ってみた。

二日間かかって、二千名を超す乗客の身元が調べられた。

しかし、この中に、黒木明と思われる乗客は、見つからなかった。

8

今度もまた、完全に、壁にぶつかってしまった。

長野県警も、立ち往生《おうじょう》してしまったらしい。

「犯人は、黒木明ではなく、中野勇なのかもしれません」

亀井が、珍しく、溜息をつきながら、十津川に、いった。

「中野のアリバイは、相変わらず、あいまいなのかね？」

「そうです。友人の車を一日借りたのは確かですが、南房総には行かなかったと思います」

「理由は？」

「十月九日は、太平洋沿岸に秋雨前線が停滞していて海は大荒れでした。それに、友人の話では、彼は、海は好きではないとのことでした。何か隠していると考えたほうがよさそうです」

「なるほどね」

「問題は、動機です」

「そうだな、中野に、由紀さんを殺す動機は見つからないか」

「べつに、由紀が結婚を迫っていた気配もありません」

「黒木明が犯人だとすると、動機は、何だね？」

「由紀の女友だちは、由紀が黒木明をからかったり、脅かしたりしていたらしいというのです。私は、これに引っかかりました。黒木明は何回も失敗して、次に、何かやれば、今度こそ、芸能界を、永久に追放されるだろうといわれています。黒木は、突っぱりのポーズで、それを売り物にするタレントですが、今度、また、失敗をしたら、それで終わりだということは、わかっていたと思います。由紀は、それを知って、からかったんじゃないかと思うのです」

「どんなふうにだね？」

「これは、想像ですが、妊娠したから、その責任をとってくれというようなことです。黒木には、奥さんもいますし、スキャンダルは、致命傷になります。黒木には、前に、いろいろと、ありましたからね。由紀のほうはからかってやろうとしても、黒木は、自分が、芸能界から追放されるのではないかという不安に襲われたのかもしれません」

「あり得るね」

「しかし、残念ながら、この推理は、外れていました。犯人は、どうやら、中野のようですから」

「問題は、動機と、銃の入手経路か」

「そうです。中野には、由紀を殺さなければならない強い動機はないように見えますし、銃を、どうやって入手できたのかわかりません」

「黒木と銃の関係は、どうなんだね？」

「黒木は、レポーターの仕事もやっていまして、何回か海外へ行っていますから、拳銃を、密輸入した可能性はあるわけです。特に、彼は、アウトローを自認していますから、フィリピンなんかに行ったとき、ひそかに、拳銃を持ち帰っていた可能性もあります」

「カメさんは、まだ、黒木犯人説を捨て切れていないみたいだね？」

と、十津川は、いった。

亀井は、頭に手をやって、

「どうも、すっきりできずに、困っています」

「とにかく、中野を呼んで、疑問点を問い質《ただ》してみたら、どうだね？」

「やってみます」

亀井は、西本と二人で、中野を連れに出かけた。

午後十時を過ぎていて、上野のレストランのアルバイトはもう終わっているはずなのに、中野は、経堂のアパートに帰っていなかった。

「逃げたんでしょうか？」

西本は、アパートの前で舌打ちをした。

亀井は、首をかしげた。

「われわれは、まだ、中野を追い詰めてはいないんだ。アリバイがあやふやなだけだからね。逃げたとは、思えないんだが――」

「しかし、この時間でも、帰ってこないところを見ると、逃げたような気がしますが」

と、西本は、いった。

十二時を回っても、中野は、戻ってこなかった。

亀井も、不安を覚え、管理人に頼んで、部屋を開けてもらった。

１ＬＤＫの部屋である。男の部屋にしては、きれいである。応接セットも揃《そろ》っていて、部屋のどこにも、あわてて逃げたという感じはなかった。

しかし、午前一時を過ぎても、中野が帰ってくる気配はなかった。

亀井は、西本を残して、いったん、警視庁へ戻り、十津川に、報告した。

「どうも、嫌な予感がします」

と、亀井は、十津川に、いった。

彼の予感が当たっていたことは、翌日になって、わかった。

新宿西口のホテルKで、若い男が、転落死しているのが発見され、それが中野勇だったからである。

9

十津川も、亀井と一緒に、現場であるホテルKに急行した。

単なる転落死とは、考えられなかったからである。

このホテルは、三十八階建てで、あるタレントが屋上から飛降り自殺して、有名になっていたが、中野は、二人目の死者だった。

それもあって、ホテル側も、神経質になっているのがわかった。

中野の死体は、前のタレントと同じように、プールの近くで発見された。最上階にある職員用の出入口から入り込み、飛び降りたものと考えられた。もちろん、即死だったろう。

「自殺とは、思えませんね」

亀井は、血のりのついたコンクリートを見つめながら、いった。

死体は、毛布にくるまれて、運び出されて行った。

「誰かに、突き落とされたと思うのか？」

十津川は、眼の前にそそり立つ、ホテルの壁を見上げた。

「そうです。われわれは、中野を、追い詰めてはいませんでした。むしろ、黒木明のほうを追っていたわけですから、自殺する必要はなかったわけです」

「しかし、誰が、殺すのだろう？」

「今度の事件に関係して殺されたとすれば、由紀を殺した犯人だと思います」

「しかしだねえ」

と、十津川が、いうと、亀井は、「わかっています」と、いった。

「犯人が、なぜ、中野を殺したのか。その理由は、不可解です。一つ考えられるのは、自殺に見せかけて殺してしまえば、警察は、中野が犯人で、追い詰められて自殺したと考えると思ってということですが、警察は、そんなに甘くはありません。むしろ、中野を容疑者として、残しておいたほうが、犯人にとっては、都合がよかったと思うんですが」

「その点は、同感だね」

と、十津川は、肯いてから、

「これで、中野勇が、由紀さんを殺した犯人じゃないことが、はっきりしたんじゃないか？」

「そうですね」

「すると、犯人は、やはり、黒木明ということに、なってくるのかな？」

「われわれの全く知らない人間が犯人だということになれば、話は別ですが、今は、黒木が、また、浮かびあがってきたと、見ています」

「黒木のことだがね。一つ思い出したことがある」

「どんなことですか？」

「確か、週刊誌に出ていたと思うんだが、フィリピンか、アメリカで、得意気に、拳銃を射っている写真を見たことがあるよ。それに、彼は、芸能人の射撃クラブに入っているんじゃないかね。そんな記事を見たことがある」

「私も、見たような気がします」

「だから、黒木が、サイレンサーつきの拳銃を持っている可能性はあるわけだが、しかし、だからといって、今度の事件で、犯人が、銃を使って、殺人をやった理由にはならないだろう?」

「問題は、そこにあると思っています。なぜ、ほかの方法で殺さなかったのか。それが、不思議で仕方がありません。由紀を、人の気配のないところへ呼び出して、絞殺でも、ナイフで刺すでも、いろいろと、方法は、あったと思うのです」

「犯人は、銃で射つより仕方がなかったのだろうか?」

「そう思うのですが、理由がわかりません」

「犯人が、黒木明とすると、問題点は、そのほかに、何があるんだったかね?」

「まずアリバイですね。九日の一〇時四〇分の飛行機で、羽田から、千歳へ飛んでいますが、これは、金でやとった男を、黒木明の名前で乗せればいいわけです。売れないタレントの中には、金さえ貰えば、そのくらいのことをするのが、何人もいると思いますね。べつに、人殺しをやるわけじゃありませんから。問題は、黒木が、この日、夜の九時半から、札幌のナイトクラブで唄っていたことです。乙女駅で、由紀を殺してから、札幌へ行き、ナイトクラブで唄うためには、前にも申しあげたとおり、一八時羽田発以前の飛行機に乗る必要があります。しかし、黒木は、乗っていないんです」

「東北新幹線を使ったのでは、間に合わないね」

「ぜんぜん、間に合いません。東北新幹線や、青函《せいかん》連絡船を使ったのでは、早朝に東京を出発しても、札幌へ着くのは、夜中になってしまいます。飛行機を使うより、仕方がありません」

「もう一つは、小諸駅周辺で、黒木が目撃されていないことだね？」

「そうです。黒木のような有名で、個性的な顔付きの男について、目撃者が一人も出てこないことが、不思議で、仕方がないのです」

「顔を見られるのが嫌だから、遠くから、銃で射ったんじゃないかね？」

「私も、最初、そう思ったんですが、違いました。かなり近い距離から射たれているという解剖報告が出ているんです。そのため、弾丸は、胸部を貫通しています」

「となると、わからなくなるねえ」

十津川も、首をかしげてしまった。

わからないことが多すぎる事件だった。

10

中野の転落死したホテルKでは、徹底的な聞き込みが行なわれた。

フロントや泊まり客の中に、中野を見た者がいなかったかどうか、黒木が、彼を突き落としたとすれば、中野と黒木が一緒にいるところを、誰かが見ているかもしれないと思ったのだが、どちらも、上手《うま》くいかなかった。

客室が八百近い、このホテルでは、ロビーにも、廊下《ろうか》にも、あらゆる種類の人間が出入りする。フロントにしても、一人一人の顔を見覚えていないのである。

もちろん、泊まり客の中に、中野も、黒木もいなかった。

わかっているのは、中野が、落下して、死んだということだけである。

「なぜ、中野は、あのホテルへ行ったんでしょうか？」

首をかしげながら、亀井が、きいた。

十津川も、ちょっと考えていたが、

「一つだけ考えられるのは、中野が、犯人に会いに、ホテルへ行ったということだね」

「犯人に会いにですか？」

「そうだよ。ひとりで、勝手に行ったんだよ。中野は、犯人を知って、相手をゆすったんだ。相手は、支払うから、あのホテルへ来いといったんだと思う。そう考えれば、二つの事件が、結びつくだろう」

「なるほど、しかし、中野は、なぜ、脅迫できたんでしょうか？　自分が、アリバイがあいまいで、危ないのに――」

「彼は、自分に、はっきりしたアリバイがあったことに、気がついたんじゃないかね。それで、中野は、相手が、犯人に違いないと推理したんだ。それで、ゆすったんだ。相手のことは、由紀さんから聞いていたと思うね」

「すると、やはり、犯人は、黒木明ということになってきますね」

「そうだ。黒木明だ。相手が有名人だから、中野も、ゆする気になったんじゃないかね。中野は、レストランでアルバイトしているくらいだから、金は、欲しかったんだろうと思うね」

「しかし、黒木を犯人と断定するには、まだ、証拠がありません」

「どうだい、カメさん。私と一緒に、もう一度、乙女駅へ行ってみないか。何かわかるかもしれんよ」

「しかし、小さな平凡な駅ですよ」

「君は、由紀さんが殺された直後で、動転しながら、ホームにいたわけだろう。落ち着いてもう一度、行ってみれば、違う目で、見られるかもしれんよ」

十津川は、根気よくいった。

二人は、次の日の朝早く、上野へ行き、上野から、信越本線の特急に乗って、小諸に向かった。

長野県警には、わざと、連絡しなかった。

案内されてしまうと、白紙で、現場を見られない恐れがあったからである。

小諸から、小海線に乗りかえて、二つ目の乙女駅に向かった。

今日も、秋晴れになっていた。

乙女駅に降りる。

二人を乗せて来た列車は、ごとごとと、走り去ってしまった。

二人は、ホームに立って、周囲を見回した。

「面白い駅だねえ」

十津川は最初に、そういった。

「面白いですか――?」

「いや、いい方が悪かったかな。単線の駅でも、普通は、こんなふうに、片側だけのホームというのは、珍しいんじゃないか。普通は、上下線が、すれ違えるようになっているんだが、これでは無理だ」

十津川は、なおも、ホームに立って、線路を見ていたが、

「向こうを、並行して走っている線路は、信越本線だね？」

「そうです。乙女駅の前後から、小諸まで、並行して、走るようになります」

「しかも、乙女駅は片側にしかホームがない。そして、背中のほうには、鉄製の手すりが続いている。となると、デイトの約束をした人間は、線路に向かって、ホームに立つ形になる。ホームの端にいてくれといっておけば、ホームの待合室には入らずにいるだろう」

「そうか」

と、亀井は、思わず、声を上げて、

「ホームに立たせておいて、走る列車の窓から射ったんですか？」

「そうだよ。信越本線の列車の窓からだ。このホームに立っていれば、まさに、狙撃の的《まと》みたいなものだ。それに、単線の幅しか距離はない。せいぜい五、六メートルだよ。しかも、信越本線の下りの列車に乗っていて殺せるんだから、なにも、小諸で、降りる必要はないんだ。だから、黒木を、小諸で目撃した人間は、いなかったんだ」

二人は、ホームから出ると、民芸風の小さな喫茶店に入って、推理を、深めていくこと

にした。

店内には、若いカップルが一組いたが、彼らも、すぐ、出て行ってしまった。

「問題は、十一時七分から十一時四十五分までの間に、都合のいい列車が、信越本線を走っているかどうかということですね」

亀井は、飲んだコーヒーカップを、脇《わき》に押しやり、テーブルの上に、時刻表をのせた。

店の女の子が、びっくりした顔で、見つめている。

「特急列車は、駄目だな」

と、十津川が、いった。

「なぜですか？」

「窓が開かないから、車内から、ホームにいる人間を狙撃できない」

「そうですね。すると、急行か、普通列車ということになりますね。ああ、ちょうどいい列車がありますよ。急行『信州1号』です」

亀井は、時刻表の信越本線下りのページを開いて、十津川に見せた。

「急行『信州1号』は、午前八時三五分上野発、長野行きです。一〇時五四分に軽井沢《かるいざわ》に着き、そこから先は、各駅停車になっています。小諸着が、一一時三七分ですから、その二、三分前に、乙女駅の横を通過すると思います。小諸の近くですから、スピードも落としていると思いますね」

「十一時三十五分頃というわけか」

それなら、時間は、適切なのだ。

井上由紀は、十一時七分から、四十五分までの間、間違いなく、乙女駅のホームに立っていた。

彼女は、何の疑いも、恐怖も持たずに、眼の前を通過して行く信越本線の列車を見つめていたに違いない。無防備である。そこへ、弾丸が飛んできたのだ。

「明日、この『信州1号』に乗ってみよう」

と、十津川は、いった。

11

十津川と、亀井は、小諸署に行き、今度の事件の捜査本部長になっている署長に会った。

「間違いなく、犯人は黒木明だと思います」

と、十津川は、署長にいった。

「東京で亡《な》くなった中野という男も、黒木明が殺したというわけですか？」
四十五、六歳に見える署長は、丁寧《ていねい》にいった。
「そう思います」

「動機は、中野が、ゆすったからだと？」

「はい。そう考えるのがいいと思います。中野が死んでしまったので、今は、正確なところが、わかりませんが」

「それで、黒木明を逮捕するだけの証拠は揃いましたか？」

「残念ながら、まだ、解決できない部分があります。乙女駅のホームで、黒木が、どうやって、射殺したかは、わかりましたが」

十津川は、自分たちの推理を、署長に話した。

「たぶん、被害者は、通過する『信州1号』を見ているところを、射殺されたのだと思います。正面から射たれて、そのショックで、うしろに、はね飛ばされたと思いますが、うしろには、鉄製の手すりがあります。はね飛ばされた被害者の身体は、手すりにぶつかり、半回転する形で、ホームに俯せに倒れたのだと思いますね」

「すると、被害者の身体を貫通した弾丸は、駅の外に落ちていることになるのか」

署長は、口のなかで呟《つぶや》いてから、すぐ、刑事を、走らせた。

林刑事が、十津川と、亀井に、お茶をいれてくれた。

「あとは、黒木明のアリバイ崩しですか？」

と、林が、二人に、きいた。

「そうです」

と、亀井が肯いて、

「黒木明は、間違いなく、十月九日に『信州1号』に乗り、乙女駅の横を通過するとき、窓を開けて、ホームにいる被害者を射っています。問題は、そのあとです。彼は、当日の午後九時半に、札幌のナイトクラブで唄っていますので、どうやって、札幌へ行ったかということです」

「羽田へ戻って、飛行機に乗ったと思いますが？」

林が、きいた。

「われわれも、そう思っていたんですが、羽田から札幌へ行く飛行機の乗客名簿にないのです。偽名の乗客の中にも、黒木明はいませんでした。その壁をどうやって、突き破るかです」

亀井は、考えながらいった。

その日は、二人は、小諸市内の旅館に泊まった。

東京の西本刑事には、旅館から電話して、黒木明を、監視しているように、指示した。

翌日も、朝から、秋晴れの好天になった。

風は、東京に比べると、爽やかなのだが、ひんやりとしている。すでに、晩秋の気配である。

十津川と亀井は、高崎《たかさき》まで引き返し、ここから、問題の「信州1号」に乗った。

今は、どの線でも、特急が、幅を利《き》かせている。国鉄は、合理化と、増収のため、急行を減らして、特急を増やしている。

急行は、数が減っていくだけではなく、特急優先なので、ますます、スピードがおそくなっていくのである。

急行「信州1号」も、特急に抜かれ、途中からは、各駅停車の普通電車になってしまう。

急行「信州1号」は、十両連結で、自由席七両、グリーン一両、指定席二両の編成である。

特急が幅を利かせているためか、急行「信州1号」は、空《す》いていた。

高崎から乗り込んだ二人は、進行方向に向かって、左側の座席に腰を下ろした。

横川《よこかわ》と、軽井沢の間の勾配《こうばい》を、二両のＥＦ63形機関車の後押しで通過したあと、「信州

1号」は、各駅停車の普通電車になる。

中軽井沢、信濃追分《しなのおいわけ》、御代田《みよた》と、停車していく。

平原《ひらはら》着が、一一時三二分。すぐ発車である。次は、小諸である。この間の距離が、三・七キロ。その間に、乙女駅がある。

二人は、窓を開けた。

左手から、小海線のレールが近づいて来て、平行に並んだ。

乙女駅のホームが見えた。

こちらの列車は、時速四十キロぐらいで走っている。

乙女駅のホームと、こちらの列車の間には、小海線の単線のレールがあるだけである。

距離は、五メートルぐらいだろう。

小海線のディーゼルカーが、乙女駅に停車するのは、一一時〇七分の上りと、一一時五三分の同じく上りである。

つまり、十一時七分から五十三分まで、乙女駅には、列車は来ないのだ。

従って、「信州1号」が、通過するときには、乙女駅のホームとの間に、さえぎるものは、何もないことになる。

「射てるね」

「射てますね」

と、二人が、肯き合っているうちに、列車は、小諸駅に着いた。

12

いつまでも、「信州1号」に乗っていても仕方がないので、十津川たちは、小諸で降り、また、東京へ引き返すことにした。

警視庁に戻ったのは、陽が落ちて、やっと、東京の町にも、静けさがよみがえった頃である。

「西本君は、黒木明を尾行して、大阪へ行きました」

と、桜井《さくらい》刑事が、十津川にいった。

「大阪で、黒木が、何かに出演するのか？」

「向こうのテレビに出演するようです」

「中野が殺された日の黒木の行動が、何かわかったかね？」

「中野の解剖結果が出まして、死亡推定時刻は、十月十四日の夜十時から十一時までの間ということでした」

「やはり、死体発見の前夜か」

「十月十四日の黒木明ですが、午後八時から、新宿西口のテレビ局に入っていたといっています」

「それは、間違いないのかね？」

「確かに、そのテレビ局で、八時から九時まで、クイズの録画撮りに出ています。そのあと、十一時から一時間、歌番組のこちらも、録画撮りに出演しています。その間の二時間、彼は、ずっと、テレビ局にいたといっていますが、何人かのタレントと、お茶を飲んだりしたことは事実です」

「しかし、新宿西口のテレビ局だと、ホテルには近いだろう？」

「歩いて、十二、三分の距離です」

「それなら、テレビ局を抜け出して、ホテルで、中野を突き落とし、また、テレビ局に戻ることは、十分に可能だね？」

「可能です」

「それなら、中野殺しについては、アリバイは、ないということだな」

十津川は、満足そうに肯いた。が、だからといって、中野殺しで、黒木を逮捕することは、まだ、出来なかった。

黒木と、中野を、直接、結びつけるものは見つからないからである。

二人を結びつけるものがあるとすれば、それは、井上由紀を通じてである。まず、黒木が、彼女を殺したことを、証明しなければならない。

「やはり、問題は十月九日に、黒木が、どうやって、乙女駅で由紀を殺したあと、札幌へ行ったかということになってくるね」

十津川は、亀井にいい、黒木について、間違いないと思われることを、黒板に書いていった。

一、黒木は、「信州1号」に乗って乙女駅のホームで待っている井上由紀を射殺した。
一、従って、黒木は、「信州1号」が、小諸に停車する時刻、十一時三十七分には、小諸にいたことになる。
一、黒木は、午後九時半の札幌のナイトクラブのショーに出演した。となると、一時間前の八時半には、千歳空港にいなければならない。

この三つの原則は、絶対に、動かせないのだ。

小諸から、上野に戻り、羽田へ回って、札幌行きの飛行機に乗るのが、一番、オーソドックスな方法だが、午後の札幌行きの便に、黒木は、乗っていないのである。

一〇時四〇分の便に、黒木明の名前があるが、これに、本当に乗ったとしたら、黒木に、由紀は、殺せなくなってしまう。だから、身代わりを、乗せたと考えていいだろう。

「カメさん。黒木は、十一時三十七分に、小諸にいた。これは、まず間違いないだろう。そして、同日の二十一時三十分には、札幌のナイトクラブだ。これは、誰が考えても、飛行機で、行くより方法はない。羽田から乗っていないとすれば、ほかの空港から、札幌へ向かったと、思わざるを得ないよ」

「ほかの空港からですか」

亀井は、また、時刻表を広げた。

「札幌との間に、飛行機が飛んでいるところは、多いんですねえ」

大阪——札幌（千歳）
福岡——〃
成田《なりた》——〃
青森——〃
三沢《みさわ》——〃

秋田――札幌（千歳）
花巻《はなまき》―― 〃
山形―― 〃
仙台《せんだい》―― 〃
新潟―― 〃
小松《こまつ》―― 〃
名古屋《なごや》―― 〃

このほか、北海道内で、札幌と、他の都市との間の空路もある。

「新潟からも、札幌へ飛んでいますよ」

と、亀井は、眼を光らせた。

信越本線を、北へ向かえば、新潟に行くからである。亀井は、また、忙しく、時刻表のページを繰っていった。

黒木が、「信州1号」に乗ったことは、間違いない。乗らなければ、井上由紀を殺すことは、不可能だからである。

「信州1号」に乗っていた黒木が、もっとも早く、新潟に着くのは、どんな場合だろうか。

「信州1号」が、終点の長野に着くのは、一二時四一分である。

名古屋から来た新潟行きの急行「赤倉《あかくら》」の長野着が一三時〇四分だから、これに乗ることが出来る。

この列車は、一六時二三分に、新潟に着く。

新潟駅から、空港までは、約三十分で行ける。

そして、札幌行きの飛行機に乗れば、いいのだ。

「駄目ですね」

と、亀井は、舌打ちをした。

「駄目か？」

「新潟から、札幌行きの便の最終が、一三時三五分ですから、全然、間に合いません」

「一三時三五分？　ずいぶん、早く終わるんだね」

「これでは、黒木が、新潟へ着く三時間近く前に、札幌行きの便は、なくなっています。地方の小さな空港は、みんな、こんなものでしょう」

「すると、小諸から、羽田へ戻らないと、札幌行きは無理なのかね」

だが、黒木は、羽田からの飛行機には、乗っていないのだ。

「参りましたね」

亀井は、時刻表を放り出して、溜息をついた。

十津川は、亀井の投げ出した時刻表を、取りあげて、

「もう少し、じっくりと、考えてみようじゃないか」

「しかし――」

「カメさん、黒木は、『信州1号』に乗って、乙女駅の井上由紀さんを殺し、そのあと、札幌へ行ったんだ。行けたんだよ。羽田からは乗らずにね。彼に出来たことが、われわれに出来ないはずがないじゃないか」

「確かに、そのとおりですが」

「黒木は、十一時三十七分に、小諸にいた。これは、間違いない。たぶん、車内にいたろう。ここで、彼の立場に立って、考えてみようじゃないか」

「と、いいますと――？」

「黒木は、羽田へ戻ることは、考えていなかったと思う。羽田へ引き返して、札幌行きの飛行機に乗れば、楽に行けるが、それでは簡単に、警察に見破られてしまうからだ。それに、羽田発一〇時四〇分の便は、身代わりを乗せてあった。小諸から、東京の羽田へ戻らなかったとすると、行く先は、逆方向ということになる。信越本線を、北へ行ったんだ。

長野、直江津《なおえつ》、新潟の方向へね。北で、空港があるところというと、やはり、新潟か、あるいは、直江津で、乗りかえて、西の富山へ行くかだ」

「富山からは、札幌行きの便は出ていません。東京行きだけが、一日一便出ているだけで、それも、現在、休航しています」

「となると、やはり、新潟だね。黒木も、新潟に、眼をつけたと思うね」

「しかし、警部。新潟から札幌へ行く便には、黒木は、乗れなかったはずです」

「わかってる。いくら早くても、十六時二十三分にしか、黒木は、新潟に着けないんだろう？」

「そうです。新潟駅から空港には、更に、三十分かかります」

「新潟から、直接、札幌行きの便には、乗ることが出来なかったが、ワン・クッションおいて、行ったのかもしれない。そのほうが、警察を、だませるからね」

喋《しゃべ》りながら、十津川は、時刻表をめくっていった。

「新潟空港からは、札幌以外にも、飛行機が飛んでいる。例えば、名古屋へ行く飛行機は、一七時三五分に、最終便が出る。これなら、乗れるはずだ」

「そうですね。乗れますが――」

「あと、どうなるかだが、一七時三五分に、新潟を飛び立つと、一八時三五分に、名古屋に着く。名古屋から、札幌へ飛ぶ便に間に合えばいいんだが――」

と、十津川は、なお、ページを繰っていたが、「くそっ」と、舌打ちした。

「名古屋から、札幌へ行く便はあるが、最終が、一六時四五分だから、ぜんぜん、間に合わん。大阪発札幌行きでも、最終は、一五時〇〇分だ。これじゃあ、みんな駄目だな」

「駄目ですか」

「やはり、黒木明は、東京に戻ったんだ。羽田から乗ったんだよ」

「しかし、警部。羽田発、札幌行きの便は、全部チェックしましたが、黒木明は、乗っていませんでした。一〇時四〇分の便に、彼の名前があるだけです。従って、羽田から乗ったとすると、一〇時四〇分の便ということになって、奴のアリバイを、確証してやることになってしまいます」

「そのとおりさ。だから、黒木は、羽田へ行ったが、札幌行きには、乗らなかったんだ。われわれが、調べるのが、わかっているからね」

「と、すると、どうなりますか?」

「黒木は、小諸で、『信州1号』を降りた。十一時三十七分だ。この時刻だと、上野行きの特急『白山2号』に乗って、東京へ引き返すことが出来る。この特急の小諸発が、一二時〇〇分だからだよ。『白山2号』は、上野に、一四時三四分に着く。上野から羽田まで、タクシーで一時間かかるとすると、黒木は十五時三十四分に着ける。余裕をみて、十六時に、羽田に着いたと考えよう。札幌行きの便は、まだ、いくらもあるが、今いったように、黒木は、これには、乗っていない。私はね、釧路《くしろ》行きの便に乗ったと思う。羽田発釧路行きの最終便は、一六時一五分に出るから、これには乗れる。釧路着は、一七時五五分だ」

「釧路から、札幌への飛行機の便がありますか？」

亀井が、きく。

十津川は、ニッコリ笑って、

「それがあるんだよ。釧路発一八時三〇分の札幌行きの便がある。これに乗れば、一九時一五分に、千歳に着く。午後七時十五分だ。札幌のクラブには、九時半に着けばいいんだから、ゆっくり間に合うんだ」

13

十津川と亀井は、上野に引き返し、上野からタクシーで、羽田に向かった。

首都高速で、一時間で、羽田に着いた。

羽田空港では、TDA（東亜《とうあ》国内航空）の営業所で、十月九日の釧路行き最終便の乗客名簿を見せてもらった。

この便に使われている飛行機は、DC—9で、定員は百六十三名である。

九日は、百四十八名の乗客があった。

もちろん、その中に、黒木明の名前はなかった。乗ったとしても、偽名で乗ったに違いないのだ。

二人は乗客名簿を二通コピーしてもらった。

亀井に、その一通を持たせ、一六時一五分発の釧路行きの飛行機に乗せた。

その飛行機が出発するのを見送ってから、十津川は、警視庁に寄った。

明日になったら、乗客名簿にある百四十八名に、一人ずつ当たってみなければならない。

午後八時に、亀井から電話が入った。

「今、釧路空港です。ここから、札幌行きのDC—9に乗った乗客の名簿を見せてもらったんですが、面白いことを発見しました」

「どんなことだね？」

「東京から、札幌へ行くのに、わざわざ釧路へ寄っていく客はいませんから、当然、羽田から釧路への乗客名簿に出ている名前と、この釧路から札幌への乗客名簿の名前とは、違っています。同じ名前は、一人もいません。と、いいたいところですが、一人だけ同じ名前がありました。東京の人間で、名前は白石徹《しらいしとおる》です」

「ああ、確かに、のっているよ」

「ひょっとすると、それが、黒木明かもしれません。黒と白で、偽名を考えるとき、思いつきやすい字です」

「なるほどね。もし、これが、黒木の偽名とすれば、警察を甘く見たのか、それとも、二つとも偽名を考えるのが、面倒くさくなったかだろうね」

「これから、十月九日の札幌行き最終便に乗ったスチュワーデスに会って、黒木の写真を見せてきます」

と、亀井は、いった。

さらに、二時間して、また、亀井から、電話があった。

「三人のスチュワーデスに会いました。十月九日の最終便に、黒木に似た男が、乗っているのを見たというのが一人、あとの二人は気がつかなかったと、いっています」

「そうか。多少は、乗った可能性が出たわけだね」

「そうです。有望ですよ」

と、亀井は、いった。

翌日、刑事たちが、総動員され、百四十八名の乗客が洗われることになった。

「いよいよ大詰めだね」

と、捜査一課長の本多《ほんだ》が、十津川に、いった。

「そうです。大詰めです。黒木明は、間違いなく犯人です。ただ、私は、拳銃の行方が心配です」

「黒木が、今でも持っているんじゃないかね?」

「そうならいいんですが、黒木は、小諸から上野に戻り、羽田から、飛行機に乗りました。空港の身体検査は、厳重ですから、機内には、持ち込めません」

「そうだね。とすると、途中で、捨てたんだろうか?」

「それなら、もう、どこかで見つかっていなければ、ならないと思います。駅の屑籠《くずかご》の中とか、線路上とかでです。しかし、見つかったという報告は、どこからも、来ていません」

「そうだね」

「物が、拳銃ですから、どうも、気になって仕方がありません」

と、十津川は、いった。

出かけている刑事たちから、少しずつ、報告が、入って来た。

実在の人名だった場合は、乗客名簿から、消していく。

百四十八名の名前が、少しずつ、消えていった。

午後になると、亀井が、札幌から戻って来た。

「ご苦労さん」

と、十津川が、迎えた。

「昨日お話ししたスチュワーデスですが、間違いなく、黒木明が、乗っていたといっています。サングラスをかけ、顔をそむけるようにしていたが、あれは、黒木だというのです」

「しかし、一人のスチュワーデスの証言じゃあ弱いな。何しろ、一〇時四〇分の札幌行きの便に、黒木明の名前が、のっているんだ。黒木は、逮捕されれば、一〇時四〇分の札幌行きに乗ったと、主張するだろうからね」

その間にも、名簿の名前は、少しずつ、消されていった。

夜になる頃には、とうとう、残ったのは、一名になってしまった。

〈白石徹〉

だけである。

「やはり、この男でしたね」

亀井は、満足そうに、いった。

百四十八名中、この乗客だけが、住所が、でたらめだったのだ。

白石徹という偽名の男は、十月九日に、羽田から、釧路に飛び、釧路から、更に、千歳へ飛んだ。

札幌に行くのに、こんな面倒なコースをとる乗客はいない。

「これが、黒木明に間違いありませんよ」

亀井は、確信を持っていった。

十津川も、そう思う。

問題は、この白石徹が、黒木明だと、証明することである。

黒木明が、どうやって、乙女駅のホームにいる井上由紀を殺したのか、その方法もわかった。

その黒木が、どうやって、札幌に行き、夜の九時三十分からのナイトクラブの舞台で唄うことが出来たのかも、解明することが出来た。

十津川の頭の中では、黒木明には、すでに、有罪の判決が下《くだ》されている。だが、すべて、状況証拠なのだ。

14

「問題は、井上由紀殺害に使われた凶器だ……。サイレンサーつきの拳銃だ。これが見つかれば、強力な証拠になる」

十津川は、部下の捜査員たちを前にして、強い調子で、いった。

「黒木は、急行『信州1号』の窓から、射った。これは、間違いないと思っている。この列車は、一一時三七分に、小諸に着く。黒木は、ここで降りた。この先まで行ったのでは、東京へ引き返し、羽田から、一六時一五分発の釧路行きのTDA便に乗れないんだ。一一時三七分に、小諸に降りた黒木は、同じ小諸から出る上りの特急『白山2号』に乗ったはずだ。この特急の小諸発は一二時〇〇分だから、二十三分の余裕がある。この二十三分間に、拳銃を、捨てたかもしれない。あとは、上野までの『白山2号』の車内。上野駅、上野から羽田までの間だ。かなりの広範囲だが、何とかして、凶器の拳銃を見つけてもらいたい」

長野県警などにも協力を要請した。

国鉄の助けも必要だった。

改めて、大々的な拳銃捜しが始まった。

小諸駅と、駅の周辺。

十月九日の「白山2号」の車内。特急は窓は開かないが、トイレの小さな窓は開くので、そこから、拳銃を投げ捨てたかもしれないので、小諸から上野までの線路際《ぎわ》。

上野駅の構内と、駅周辺。

上野から羽田までは、タクシーを飛ばしたと思われるが、車の窓からは、投げ捨てないだろう。

しかし、拳銃は、見つからなかった。

三つのことが、考えられた。

黒木が捨てた拳銃を、誰かが拾ってしまったケース。

今でも、黒木が持っているケース。拳銃を持ったまま、飛行機には乗れないが、九日には、駅か空港のコインロッカーに入れておき、後日、それを持ち去ったケース。

最後は、意外な人間が、上野か、羽田に待っていて、渡したケース。

そのいずれにしろ、三十八口径の拳銃が、まだ、どこかには、存在していることに、十津川は、今度の事件の解決とは、別の意味で、関心を、持たざるを得なかった。

黒木は、井上由紀を殺すのに、一発しか射っていない。走る列車の窓からでは、二発目を射つ余裕はなかったからだろう。

拳銃には、まだ、弾丸が残っているだろうと、十津川は、思う。それが、また使用されたときが怖いのだ。

「黒木を逮捕して、彼のマンションを調べましょう」

と、いう刑事も多かった。

家捜《やさが》しをして、犯行に使われた拳銃が出てくれば、それが、決め手になるだろうが、十津川は、黒木が、自分の部屋に、拳銃をしまっておくとは、思えなかった。見つからなかったとき、事後処理に困るだろう。

黒木を釈放しなければならなくなるし、そうなれば、彼が、高飛びする危険があった。

黒木が、どこから、三十八口径のリボルバーを手に入れたかの捜査も、並行して、進められた。

黒木は、何回も、海外へ出ている。

拳銃を手に入れるチャンスは、あったわけである。

ここ四、五年間に、黒木が、海外へ出た月日と、場所を調べ、同行した事務所の人や、テレビ局の人間に会って、そのときの事情を聞くことにした。

黒木は、射撃好きで、行った先に、射撃場があると、よく、出かけて、マグナム44などを射って、得意になっていたという。

腕は、かなりのものだったということだった。

週刊誌に、グアムで、拳銃を射っている写真がのったこともあった。

「しかし、黒木が、日本に、拳銃を持ち込んだとは、思えませんね」

と、彼の事務所の人も、テレビ局のプロデューサーも、異口同音にいった。

「なぜですか？」

十津川は、きいてみた。

「前に、大麻事件を起こして、危うく、芸能界から、消えかけたからですよ。次に、何かヘマをやれば、今度こそ、タレント生命を失ってしまいますからね。だから、絶対に、危ないことは、やらなかったと思いますよ」

それが、事務所の人などの返事だった。

すると、黒木は、どこから、拳銃を手に入れたのだろうか？　海外から持ち込んだのでなければ、国内で手に入れたことになる。

しかも、井上由紀を殺そうと決めたのは最近のことだろう。最初は、彼女が、女子大生だということで、興味を持って、つき合っていたに違いないのだ。

ところが、由紀のほうが、黒木を脅した。それで、殺すことを考え、拳銃を手に入れたとなれば、国内でということになるだろう。

サイレンサーつきのリボルバーとなれば、手製拳銃ということは、まず、あり得ない。

（暴力団から入手したのかもしれないな）

と、十津川は、思った。今の日本で、拳銃を持っている人間といえば、どうしても、暴力団員になってしまう。

黒木が、親しくしていた暴力団員を見つけ出せば、拳銃の入手経路が、わかってくるかもしれないと考えているとき、池袋《いけぶくろ》の盛り場で、一つの事件が起きた。

暴力団S組の準幹部土井五郎《どいごろう》が、自宅マンションで、寝ているところを、対抗するN組の男に、狙撃されたのである。

土井は、左腕を射たれながら、拳銃を抜いて、相手を射った。

同じマンションの住人の一一〇番で、すぐ襲った男も、土井も、逮捕されたが、問題は土井の使った拳銃だった。

三十八口径のリボルバーで、サイレンサーつきだったからである。

十津川は、すぐ、その拳銃の弾道検査を依頼した。

結果が出たのは、翌日である。それは、十津川が、予期したとおりのものだった。

十月九日に、井上由紀を射ったものと同じ拳銃だという結論だった。

十津川は、亀井と一緒に、左腕に重傷をうけて入院している土井五郎に、会った。

15

「黒木明を知っているね？」

十津川が、きくと、土井は、顔をしかめて、

「知らないね」

「彼に、拳銃を貸したんじゃないのか？」

亀井が、傍から、切り込んだ。

「知らない人間に、どうして拳銃を貸せるんだ？」

「今のままだと、お前さんは、殺人犯になるんだぞ」

「おれはせいぜい、拳銃の不法所持ぐらいのものだ」

「そうはいかないんだ。お前さんの拳銃で、十月九日に、乙女駅で、井上由紀という女性が、射殺されているんだ。このままなら、お前さんが殺したことになる。われわれは、お前さんを、殺人罪で逮捕するぞ」

「冗談じゃないぜ」

「それがいやなら、すべて、話すんだ。黒木明に、拳銃を貸したんだろう？」

「知らないな」

土井は、あくまで、突っぱねてくる。

「君に知らせたいことがある」

と、十津川が、いった。

「何だ？」

「N組の連中が、なぜ、突然、君を襲ったかわかるのか？」

「さあね」

「最近は、N組と上手くいってたんだろう？　不思議だと思わないのか？」

「わからないな」

「君を射ったN組の鈴木《すずき》健《けん》に、聞いたんだが、密告電話があったんだそうだ。S組の土井が、サイレンサーつきの拳銃を手に入れて、N組の組長を狙《ねら》っているという密告だよ。そこで、鈴木が、機先を制して、君を射ったんだ」

「――――」

「密告した人間は、わかっている。黒木明だ。黒木は、君から拳銃を借りて、女を射殺し、君に、拳銃を返した。しかし、君が生きている限り、いつ、警察にわかってしまうかわからないという不安が、つきまとってくる。君が死んで、問題の拳銃が見つかれば、黒木が殺した女も、君が殺したことになる。口封じに、両方を狙って、N組に密告したんだよ。そのくらいのことは、君にだって、わかるだろう？」

「――――」

土井は、じっと、黙りこんでしまった。が、少しずつ、顔色が変わってきて、ふいに、

「畜生《ちくしょう》！」

と、叫んだ。

「おれには、絶対に、迷惑はかけないといったんだ」

「黒木明が、そういったのか？」

「ああ、時々、銀座《ぎんざ》なんかで一緒に飲んでいたんで、知っていたのさ。殺人に使うなんて聞いてないよ。今度、ドラマで、拳銃を射つシーンがあるんで、実際に、射ってみたいといったんだ。一日だけ、貸してくれってさ。信州の山の中で、射ってみるといいやがった。おれは、それを、真《ま》に受けて、サイレンサーつきで、貸してやった」

「黒木が、返したのは、九日か？」

「ああ、上野で返すというから、駅で待っていたら、二時半ちょっと過ぎに現われて、返したよ。そのときも、本物の拳銃を試し射ちしたことがわかると、タレント生命にかかわ

るから、絶対に黙っていてくれと、いいやがった。勝手なことをいうと思ったんだが、おれのことを、兄貴、兄貴と、立ててくれるから、絶対にいわんと、約束してやったんだ。それを、裏切りやがって――」

16

黒木明は、逮捕され、自供した。

亀井が、推理したように、井上由紀は、妊娠した、どうしてくれると、黒木を脅迫したのだ。

由紀は、突っ張りで売っている黒木が、意外に、おたおたするのが面白くて、脅していたらしい。

だが、今度、ヘマをしたら、タレント生命を失うといわれていた黒木は、妊娠をまともにとり、由紀を殺さなければ、自分が、駄目になってしまうと、思い込んだ。

由紀は、野辺山に行く前に、黒木に、電話して、行く日を告げた。それで、黒木は、今度の殺害計画を立てたという。

「彼女は、本当は、妊娠していなかった。君を脅かして、面白がっていただけなんだ」

と、十津川が最後にいうと、黒木明は、顔をゆがめて、

「それ、本当ですか？」

「ああ、本当だよ。彼女は、友人にも喋っていたんだ。黒木明は、日頃、ずけずけ、悪口をいうのが売り物で、珍しく、本音をいうタレントで有名だった。その黒木が、おたおたするのが面白いとね。彼女の遺体を解剖したが、妊娠はしていなかった。若い女らしい残酷さで、君を、からかって、面白がっていたんだよ」

「――――」

「君が、放っておけば、彼女も、君をからかうのをやめて、離れていったんだ」

「畜生！」

黒木は、蒼《あお》い顔で、呟いた。

「中野勇を殺したのも君だな？」

「ああ、彼女の関係で知り合ったんだ。それで金をやって、おれの身代わりに、飛行機に乗ってもらったんだが、あとで事件を知ると、おれを脅迫しやがった。だから、殺したんだ。それにしても彼女の妊娠が嘘とわかってたら、奴だって殺さなくてすんだんだ」

「残念だったな。君は、君自身を、射ってしまったようなものさ」

と、十津川は、いった。

おおぞら3号殺人事件

1

年齢《とし》をとると、たいてい、気難しく、説教好きになる。

捜査一課の亀井刑事も、同じだった。まだ四十五歳だが、東北の仙台に生まれ、高校を卒業すると同時に上京し、苦労してきただけに、今の若者のぜいたく志向が、気に食わない。

姪《めい》の一人で、大学四年になる風見典子《かざみのりこ》が、夏休みに、北海道一周の計画を立てたときにも、亀井は、千歳まで、飛行機で行くということに反対した。

「飛行機なんかで行ってしまったら、本当の旅の楽しさなんか味わえないぞ。汽車を乗りついで行ってこそ、東京から、はるばる北海道へ行ったという実感がわくんだ。それに、学生時代だからこそ、時間をかけた旅が出来るんだろう。社会人になっても出来るような飛行機旅行はよせ」

そんな亀井の言葉に、納得したのかどうか、典子は、飛行機を使わず、夜行列車で青森まで行き、青函連絡船で北海道にわたることにしたといってきた。

出発は、八月一日というので、亀井は、上野駅まで、彼女を送りに行った。

一九時五三分上野発青森行きの「ゆうづる3号」に乗るというので、亀井が、一九時三〇分に着いてみると、典子は、二十七、八歳の背の高い男と一緒だった。

「こちら、花井《はない》さん」

と、典子が、紹介すると、男は、ニッコリ笑って、

「花井友彦《ともひこ》です」

といい、名刺をくれた。

通産省事務官の肩書のついた名刺だった。

亀井は、「ちょっと」と、典子を、引っ張って、

「どうなってるんだ？」

「何が？」

「男が一緒の旅だとは、いわなかったじゃないか」

「彼、立派な人よ」

「結婚するのか？」

「プロポーズはされてるの。私が、大学を卒業したら、結婚してくれって」

「お前は、どうなんだ？」

「悪くはない相手だと思ってるわ。エリート官僚の卵だし、美男子だし——」

「お母さんは知ってるのか？」

「二度ほど、家に連れて行ったことがあるわ」

「そうじゃない。今日、彼と一緒に旅行することをだよ」

「いってないの。だから、叔父さんも黙っていてね。お願いよ」

典子は、手を合わせる真似《まね》をした。

亀井も、ここで、反対するわけにもいかず、

「馬鹿な真似はするなよ」

と、いっただけだった。

やがて、発車のベルが鳴り、二人の乗った「ゆうづる3号」が、ホームを離れて行った。

すでに、周囲は、暗くなっている。その中に、「ゆうづる3号」の赤いテールライトが吸い込まれるように消えて行くのを見送ってから、亀井は、改めて、男のくれた名刺に眼をやった。

（エリート官僚の卵か）

と、呟《つぶや》いた。

いかにも、頭の切れそうな顔をしていた。

たぶん、あの男は、出世コースを歩いて行くだろう。

（だが、おれは、ああいう男は好きになれん）

2

「ゆうづる3号」は、寝台特急である。

向かい合った寝台に腰を下ろし、十一時近くまで、お喋《しゃべ》りをしたり、トランプで遊んだりしてから、典子は、「おやすみ」といって、自分のベッドにもぐり込んだ。

カーテンを閉めて、横になり、眼を閉じると、今まで聞こえなかった単調な車輪の音が、急に、聞こえ出した。正確にいえば、車輪が、レールの継《つ》ぎ目を拾う音である。

典子は、隣りの寝台にいる花井のことを考えた。

花井と初めて会ったのは、去年の秋の文化祭のときだった。花井は、大学のOBとして、やって来たのである。

花井のほうは、最初から、典子に関心を持ったというが、彼女のほうは、何の関心も持たなかった。

文化祭のあと、花井のほうから、誘いの電話が、ひっきりなしにかかってきて、つき合うようになったのである。

それでも、どこか冷たさの感じられる秀才肌の花井を、なかなか好きになれずにいたのだが、典子の家に、毎週日曜日、花を送ってくるようになってから、次第に魅《ひ》かれるようになった。

今度の旅行で、叔父が、飛行機なんか使うなといっていると、典子が伝えると、花井は、自分も、そのほうがいいと思うと、いってくれた。

通産省のほうへは、四日間の年次休暇をとったという。日曜日が入るから、丸五日間の休みになった。

花井との間は、キスまでしか進んでいなかったが、今度の旅行で、行くところまでいくのではないかという予感を、典子は、持っていた。そうなってもいいと、彼女は、思っていたし、そうなれば、かえって、彼と結婚する決心がつくだろうとも、思っている。現在、あいまいな気持ちでいるのは、大学を出たあと、二、三年、社会人としての生活をしてみたい気持ちもあったからである。もちろん、花井と結婚してからも、勤めに出ればいいのだが。

「ゆうづる3号」は、常磐《じようばん》線回りで、平《たいら》に、二二時三〇分に停車してからは、仙台まで停車しない。

列車は、六十キロ台のスピードで走り続けている。上り列車とすれ違うとき以外は、神経をいらだたせる音は聞こえないのだが、典子は、なかなか、眠れなかった。

やはり、花井と二人だけの旅行ということで、緊張があるのだろう。

仙台に停車した。

枕元の明かりをつけて、腕時計を見ると、午前〇時三十五分である。

ここからは、終着の青森まで停車しない。

(なかなか眠れないな)

と、思っているうちに、典子は、いつの間にか眠ってしまった。

周囲のざわめきで眼をさまし、カーテンを開けると、花井が、ベッドからおりて、微笑していた。

「お早う」

と、彼がいう。

窓の外が、明るかった。典子は、眼をこすりながら、

「今、何時頃?」

「四時半だよ。青森に着くのが、五時八分だから、そろそろ、支度《したく》をしたほうがいいな」

と、花井がいう。

典子は、着がえをしてから、顔を洗いに、ベッドをおりた。

車両の端にある洗面所では、乗客たちが、朝のあいさつをしながら、順番を待っていた。昨日までは、全くの他人だったのに、一夜を、同じ列車内で過ごしたという連帯感があるせいか、お互いに、笑顔であいさつしている。こんなところが、夜行列車の旅のよさだろう。

顔を洗い、化粧を直している間に、列車は、青森市内に入って行った。

定刻の五時〇八分に、「ゆうづる3号」は、青森駅に着いた。

飛行機に、北海道への客をとられているとはいっても、夏休みに入っているせいか、若い観光客で、ほぼ満員の列車から吐き出された乗客は、青函連絡船に乗るために、長いホームを小走りに、歩いて行く。

跨線橋《こせんきょう》にあがると、窓から、連絡船の特徴のある煙突が見えた。それが、手に取る近さに見えて、典子は、思わず、

「船だわ」

と、叫んでいた。

3

青森は、北海道への通過点といわれている。とすれば、北海道への旅は、青函連絡船に乗ることから始まるといっていいかもしれない。

ドラが鳴って、五三七六トンの大雪丸《たいせつ》は、青森の桟橋《さんばし》を離れた。

遊歩甲板に出て、花井と肩を並べ、ゆっくりと遠ざかって行く青森の町を眺《なが》めていると、改めて、旅に出たのだという気分になってくる。飛行機を使わず、列車と、青函連絡船にしてよかったと、典子は、思った。

津軽《つがる》海峡は、おだやかだった。

陽が、次第に高くなっていったが、東京のような暑さではなかった。

典子たちと同じような若いカップルが、甲板で、写真を撮っている。典子と花井も、船員に頼んで、カメラのシャッターを押してもらったりした。

青森から函館《はこだて》まで、四時間足らずの航海である。その間に、食堂で、千円の北海定食を食べたり、「海峡」という名のサロンでお茶を飲んだりして、過ごした。

やがて、前方に、函館の港が見えてきた。

「この先、ちょっと強行軍になるんだが、我慢してくれよ」

と、花井は、甲板で、近づいてくる函館の町を見ながら、典子にいった。

「かまわないわよ。若いんだから」

典子は、笑ったが、寝台特急「ゆうづる」の中で、あまりよく眠れなかったので、少しばかり、眠かった。

「函館から、釧路行きの特急に乗るんだが、ふんぱつして、グリーン車にしたから、疲れていたら、車内で眠りなさい」

と、花井は、いってくれた。

大雪丸が速度を落として、函館港に入って行くと、タグボートが近づいて来た。

大雪丸は、そのタグボートに、横腹を押されて、ゆっくりと、岸壁に接岸する。

ブリッジを渡って、函館駅のホームに入ると、典子たちの乗る釧路行きの「おおぞら3号」は、すでに、入線していた。

まだ、発車まで十分近くあるというので、典子は、東京の母親に、電話をかけた。花井と一緒だとはいってないので、

「今、函館。これから釧路行きの列車に乗るの」

とだけ、母にいった。

「女のひとり旅なんだから、気をつけなさいよ」

母がいった。

さすがに、ちょっぴり後ろめたさを感じながら、「大丈夫よ」といって、電話を切ったのだが、ふと、横を見ると、五、六メートル離れた電話で、花井が、受話器を手にしていた。

百円玉を、入れながらかけているところをみると、遠距離なのだろうが、典子が、おやっと思ったのは、花井が、東京では、ひとり住まいだったからである。

彼の両親は、九州にいる。九州へかけたのだろうかと思っているうちに、花井は、受話器を置き、

「さあ、出るよ」

と、典子に、いった。

釧路行きの「おおぞら3号」は、午前九時四〇分に出発した。

北海道は、一部の幹線しか電化されていないので、気動車が、幅を利《き》かせている。

釧路行きの「おおぞら3号」も、気動車特急である。

以前は、古い型の気動車が使われていたのだが、昭和五十六年頃から、183形といわれる新しい気動車特急が、走り出した。

北海道用に設計されたこの183形は、角張った前面と、除雪用のスカートが特徴である。

淡いクリーム色と、赤色のツートンカラーの車体は、白い色になった冬の北海道の景色には、きっと、よく似合うだろうと、典子は思った。

今は、緑の季節だが、緑にも、クリームとレッドのツートンは、素敵なコントラストを見せていた。

十両編成の前面には、「おおぞら」の文字と、北海道のシンボルである丹頂鶴《たんちょうづる》が、二羽描かれたヘッドマークがついていた。

新しい車両なので、車内は、きれいだし、一両だけあるグリーン車は、座席が、フルリクライニングになっている。

典子は、座席に腰を下ろすと、すぐ、座席を倒した。

グリーン車は、六〇パーセントほどの乗車率だった。

函館発の列車は、南の室蘭《むろらん》本線経由と、北の小樽《おたる》を通る函館本線経由に分かれている。

二人の乗った「おおぞら3号」は、室蘭本線を経由して、釧路までである。

函館を出てからは、長万部《おしやまんべ》、洞爺《とうや》、東室蘭、登別《のぼりべつ》と、停車して行く。

空は、よく晴れていて、函館を出て間もなく、山頂のとがった駒ヶ岳《こまがたけ》が見え、大沼《おおぬま》公園の横を通り、そこを抜けると、右手に、内浦湾《うちうら》が見えてくる。

長万部着が、一一時一〇分。「おおぞら3号」には、食堂車がついていない。その代わり、グリーン車に、売店コーナーがついていて、そこで、駅弁や、お茶などを売っている。

長万部を出たところで、花井が、売店で、駅弁と、お茶を買ってきてくれた。

売店には、電子レンジが備え付けてあるので、弁当は、あたたかくしてくれる。

典子は、車窓の景色を楽しみながら、あたたかい弁当を食べた。

列車は、内浦湾のほとりを走り続けている。

食事がすむと、急に、眠くなってきた。典子が、眼をこすっていると、花井が、笑いながら、

「釧路へ着くのは、夕方の七時過ぎだから、少し眠りなさい」

と、いってくれた。

「ごめんなさい」

「かまわないさ。僕も、少し眠ろうと思ってるんだ。寝台特急の中で、よく眠れなかったんでね」

花井は、そういって、窓のカーテンを引いてくれた。

典子は、いつの間にか、眠った。

4

眼がさめたとき、「おおぞら3号」は、いぜんとして、走り続けていた。

隣りの花井が、典子の顔を、のぞき込むようにして、

「眼がさめた?」

「今、どの辺?」

典子は、カーテンを開けて、窓の外を見た。

「石勝線《せきしょう》を走っているところだよ。昭和五十六年に開通した新線だよ。この線が出来たおかげで、釧路までが、近くなった」

と、花井が、いう。

千歳空港駅と、根室《ねむろ》本線の新得《しんとく》駅の間、一三二・四キロを結ぶのが、石勝線である。この線が出来るまでは、日高《ひだか》山脈を迂回《うかい》し、遠く、旭川《あさひかわ》経由で、行かなければならなかった。

石勝線は、その日高山脈を、トンネルでぶち抜いている。単線だが、新幹線と同じよう

に、全線が、コンクリートの枕木とロングレール、それに、踏切は一カ所もない。

「あッ」

と、典子が、声をあげたのは、防雪用のスノー・シェルター内を、列車が、通過したからである。有名な豪雪地帯を走るので、信号所や、駅の近くには、かまぼこ形のスノー・シェルターが、設けられている。

列車は、スピードをあげて、石勝高原を走り抜けるが、コンクリートの枕木と、ロングレールのせいで、ゆれは少ない。

「眼やにがついてるよ」

と、花井がいった。

典子は、あわてて、ハンカチで眼をこすってから、顔を洗いに、席を立った。

洗面所で、顔を洗いながら、変だなと、ふと思った。

眼やにが、よく出る人がいるかもしれないが、典子は、今まで、目覚めるとき、眼やにがついていると、いわれたことはない。

（本当に、眼やにがついていたのだろうか？）

そう思ったが、べつに、考え込むことでもないと思い、化粧を直してから、席に戻った。

列車は、新狩勝《しんかりかち》トンネルに入った。抜けると、根室本線である。広大な十勝《とかち》平野を走り、帯広《おびひろ》に着いたのは、一七時〇五分だった。ここで、かなりの乗客が降りた。

二分停車で、「おおぞら3号」は、帯広を発車した。池北《ちほく》線との分岐点、池田《いけだ》に停車したあと、列車は、南下して、太平洋岸に出た。青い海が、窓の外に広がり、それが、終着、釧路に近づくにつれて、夕闇の中に、沈んでいく。

終着の釧路に着いたのは、一九時一五分、午後七時十五分だった。ホームにおりると、夏の盛りだというのに、風が、頬《ほお》に冷たかった。

5

ほぼ同じ時刻。

千歳空港と、札幌を結ぶバイパスの途中にあるモーテルの一室で、ルーム係の女が、女性客の絞殺死体を発見して、悲鳴をあげていた。

「夢の城」という名前で、どこか安物のベルサイユ宮殿を思わせるモーテルである。

ルーム係は、すぐ、マネージャーに知らせ、マネージャーは、顔をしかめながら、警察に、電話した。

二十五、六分して、札幌から、道警本部捜査一課の刑事たちが、パトカーで、駈《か》けつけた。

三浦《みうら》警部は、ベッドの上に、仰向けに横たわっている死体を、仔細《しさい》に見つめた。

年齢は三十歳前後、身長一六〇センチぐらいだろう。のどには、絞《し》めたときの指の痕《あと》が、はっきりとついている。

部屋の隅には、被害者のものと思われるハンドバッグが落ちていた。

二十万円近く入った財布は、そのまま、ハンドバッグの中にあった。

「運転免許証があります」

と、部下の鈴木《すずき》刑事が、ハンドバッグの中から、見つけ出して、三浦に示した。

〈東京都世田谷《せたがや》区太子堂《たいしどう》——番地

　太子堂ハイツ三〇七　小林夕起子《こばやしゆきこ》〉

運転免許証の住所と名前は、そうなっていた。年齢は、やはり、三十歳だった。

「東京の女か」

と、三浦は、呟いてから、

「すぐ、東京へ連絡して、この女のことを、調べてもらわなきゃならんな」

「ハンドバッグの中に、全日空の搭乗券の半券が入っていました」

「東京から、千歳へのか？」

「そうです」

「君は、空港へ行って、くわしいことを調べてきてくれ」

三浦は、そういって、鈴木を、千歳空港に走らせてから、このモーテルのマネージャーに会った。

「被害者のことを覚えているかい？」

三浦がきくと、中年のマネージャーは、帳簿を繰りながら、

「お顔は見ませんでしたが、一時四十分に、お入りになったお客様です」

「ひとりで来たんじゃないだろう？」

「はい。男の方と一緒でした」

「その男の顔も、見ていないわけか？」

「私どもでは、お客様とは、顔を合わせないシステムになっておりますので」

「二人は、車で来たのかね？」

「はい」

「その車は？」

「それが、見つかりません。たぶん、男の方が、乗って行ったものと思います」

「男が逃げたのは、何時頃だ？」

「それが、わかりません」

「なぜ？」

「実は、泊まりの料金をお払いになったので、てっきり、明朝、ご出発になるものとばかり思っていたわけです。それが、いつの間にか、車がなくなっているので、ルーム係が、部屋をあけてみたところ、女の方が、死んでいたというわけです」

「車は、どんなやつだったかね？」

「白いソアラのGTでした。あれは、レンタ・カーですよ」

「それ、間違いないね？」

「ええ。間違いありません」

マネージャーは、きっぱりといった。

被害者は、どうやら、東京から飛行機で、千歳空港にやって来たらしい。男も、同じだろう。とすると、車は、空港のレンタ・カー営業所で借りたものかもしれない。

死体は、解剖のために、札幌の大学病院に運ばれた。

三浦も、札幌の道警本部に帰った。が、帰ってすぐ、千歳空港へ聞き込みに行った鈴木刑事から、電話が入った。

「被害者の乗って来た飛行機がわかりました。東京発一〇時五〇分で、千歳着一二時一五分の全日空五七便です。彼女は、本名の小林夕起子で、乗っています」

と、三浦が、いった。

「被害者と一緒だった男がわかったかね？」

「それが、わからないんです。この五七便に搭乗して来たスチュワーデスやパーサーに聞いてみたんですが、機内は、夏休みで満員だったそうで、被害者のことを、覚えていないんです。五七便は、ボーイング747SRで、定員五百人のジャンボ機ですから、無理もありませんが」

「なるほどね。乗客名簿は、手に入ったのか？」

「コピーしてもらいました」

「被害者は、千歳空港で、レンタ・カーを借りているようなんだが、その線は、どうなんだ？」

「それも、これから報告しようと思っていたところです。空港に出入りしているタクシーを当たってみたところ、被害者らしき女性を乗せたという証言は得られませんので、二つのレンタ・カー営業所に当たってみたところ、被害者の名前が、見つかりました。今日の午後一時に、白のソアラGTを、借りています。予定では、五日間借りるということになっていますから、レンタ・カーで、道内を回ろうと計画していたのではないかと思います」

「そのとき、被害者は、一人で車を借りに来たのかね？」

「営業所の話では、女性が一人で借りに来たそうです。所員が、おひとりですかときいたところ、彼女は笑っていたから、ああカップルで道内旅行するのだなと、思ったといっています」

「午後一時に借りに来たのは、間違いないんだな？」

「そのとおりです」

鈴木が、いった。

モーテル「夢の城」のマネージャーは、被害者と男は、一時四十分に来たといっていた。

千歳空港から、そのモーテルまで、車で約二十分の距離である。まっすぐに来たとすると、多少、時間がかかり過ぎているが、寄り道をしたとすれば、べつに、不自然ではない。

むしろ、時間ということを考えれば、一二時一五分着の飛行機で着いた被害者が、四十五分後の午後一時に、レンタ・カーを借りたほうが、気になった。

もっとも、千歳に着いたあと、昼食をとったとすれば、時間は、合うのだ。

「空港周辺のレストランなどに当たって、飛行機を降りた被害者が、食事をとったかどうか調べてみてくれ」

と、三浦は、鈴木にいった。

大学病院での解剖の結果が出たのは、翌八月三日の朝になってからだった。

午前九時に、三浦は、その報告を受けた。

死亡推定時刻は、八月二日の午後一時から二時までの間で、死因は、やはり、くびを絞められたことによる窒息死である。

胃の内容物から、死亡する一時間前頃、ミックスサンドイッチを食べたことが、わかった。

三浦は、千歳空港に着いてから、レストランで、昼食をとったのではないかと考えていたのだが、サンドイッチしか食べていなかったのである。これは、三浦には、意外だった。

鈴木刑事は、空港周辺のレストラン、喫茶店、あるいは、そば店などを当たったが、被害者と思われる女性の目撃者は出なかった。パン屋の店頭でサンドイッチを買い求め、それを、車の中か、あるいは、モーテルに着いてから食べたとすれば、目撃者が見つからなかったのは、当たり前かもしれない。

三浦は、東京の警視庁に、電話で、捜査の協力を要請した。

被害者小林夕起子の異性関係を調べてもらい、その名前と、全日空五七便の乗客名簿を照合すれば、自然に、犯人が浮かびあがってくるだろう。

6

「カメさん」

と、捜査一課の十津川警部は、亀井刑事を呼んで、メモを渡し、

「道警本部からの捜査依頼だ。この女性が、昨日、向こうのモーテルで殺された。一緒に行った男が犯人らしい」

「世田谷区太子堂の小林夕起子ですか」

「変な顔をしているが、カメさんの知ってる名前かい？」

「いや。知りませんが、私の姪が、ちょうど、北海道旅行へ行っていまして――」

「確か、大学生の？」

「そうです」

「今、夏休みだろう？　それなら、いいじゃないか」

「それが、男と二人だけで行っているんです。まあ、将来、結婚するようなんですが」

亀井が、ぶぜんとした顔でいってから、若い西本刑事を連れて、部屋を出た。

まだ十時前だが、すでに、三十度近いかんかん照りだった。

小太りの亀井は、汗かきである。冷房のきいた地下鉄の中でも、しきりに、ハンカチで汗を拭《ふ》いていた。

目的のマンションは、東急《とうきゆう》世田谷線の西太子堂駅から、歩いて七分ほどのところにあった。

建ってから、十二、三年くらいの落ち着いた感じのマンションである。

三〇七号室にあがると、ドアのところに、

〈八月六日まで旅行しますので、新聞を入れないで下さい〉

と書いた紙が、セロテープで、とめてあった。

管理人に、鍵を開けてもらって、部屋に入った。

クーラーがとめてあるし、窓が閉め切ってあるので、むっとする熱気が、亀井たちに襲いかかってきた。

　亀井は、ベランダに向いて取りつけてあるクーラーのスイッチを入れてから、

「参ったね」

　と、吹き出る汗を拭いた。

「北海道は、東京に比べたら、涼しいんでしょうね」

　西本が、呑気《のんき》なことをいった。

「しかし、死んだら、暑いも、涼しいもないよ」

「いえ。さっき、姪御さんのことをいっておられたので――」

「ああ、あれか」

　第一日目は、釧路に一泊し、次の日は、サロマ湖を見に行くといっていたから、今頃は、その途中かもしれない。

　亀井と、西本は、2LDKの部屋の中を、調べることにした。

　全体に、落ち着いた感じなのは、三十歳という年齢のせいだろう。

　居間の調度品は、かなり高価なものと思われた。

　洋服ダンスの中には、ミンクのコートも入っている。立派な三面鏡の引出しには、宝石類が、無造作に入れてあった。

「小林夕起子さんというのは、何をしている人なの？」

亀井は、入口のところに立っている管理人にきいてみた。

「六本木で、ブティックをやっていると聞きました。高いものしか置いてないそうですよ」

と、管理人がいう。

そういわれてみると、洋服ダンスの中身は、ミンクのコートのほかにも、高そうなものが一杯だった。

ライティングデスクのふたを開けた西本が、

「これを見て下さい」

と、小さな額縁《がくぶち》に入った写真を取り出して、亀井に見せた。

男と女が、写っている。

女は、おそらく、小林夕起子だろう。

男のほうは、背が高い。

ふいに、亀井の顔色が変わった。男の顔に、見覚えがあったからである。上野駅で、姪の典子に紹介された男ではないか。

亀井は、あわてて、名刺入れを出し、そこに入れたあの男の名刺を取り出した。

通産省事務官の花井友彦とある。

「どうされたんですか？」

　と、西本がきいたが、亀井は、返事をせずに、ライティングデスクの引出しを開け、そこに入っている手紙や、写真を、次々に、取り出した。

　二人で写っている写真は、何枚か出てきたが、花井友彦の名前の手紙は、見つからなかった。

（似ているが、別人かな？）

　と、思い、それならいいのだがと考えながら、なおも、引出しを調べていた亀井は、名刺の束《たば》を見つけた。

　それを、一枚ずつ調べていった亀井は、あの名刺につき当たった。花井友彦の名刺である。

　亀井は、その名刺を自分のポケットに入れたあと、西本に、

「男名前の手紙と名刺を、持って帰ってくれ」

　と、いった。

7

警視庁に戻ると、亀井は、男名前の手紙と名刺を書き出して、それを、道警本部の三浦警部に伝えた。花井友彦の名前も、考えた末に、その名簿に付け加えた。

全部で、十七名である。

道警では、その名簿と、八月二日の全日空五七便の乗客名簿とを、照合するだろう。

亀井は、その一方、電話を、典子の家にかけた。

電話口に出た母親に、「私だ」と、いってから、

「典子から、電話があったら、至急、私にかけるようにいってくれ」

「何か急用でも？」

「そうだ。急用だ。私は、今日は、ずっと警視庁にいるからね」

と、いい、電話番号を伝えた。

典子から、電話が警視庁に入ったのは、午後六時を過ぎてからだった。

「今、サロマ湖の近くにあるホテルへ入ったところだけど、どんな急用なの？」

と、典子が、きいた。

「今も、花井という男と一緒か？」

亀井は、声を低くしてきいた。

「ええ。もちろんだわ」

「彼は、電話の傍にいるのか？」

「いいえ。今、下のロビーに行ってるけど、彼を呼ぶの？」

「彼がいないほうがいいんだ。いいか、大事なことだから、冷静に、正確に答えてもらいたいんだ。昨日の八月二日は、花井と一緒だったか？」

「ええ。朝の九時一五分に、連絡船で函館に着いて、九時四〇分発の『おおぞら3号』に乗ったわ。終点の釧路に着いたのは、夕方の七時一五分。そのあと、ホテルで、食事をしたわ」

「そうだと、午後一時から二時までの間は、列車の中だったことになるな？」

「ええ。『おおぞら3号』の中だわ。それがどうかしたの？」

「列車の中では、ずっと一緒だったんだろうね？」

「もちろんよ。だから、一緒に、釧路へ着いたんじゃないの」

電話の向こうで、典子が、笑っている。

「函館で乗ったときも、一緒だね？」

「ええ。いったい、何があったの？」

「いや。何でもないんだ。ずっと一緒だったのなら、問題はない。旅行を楽しみなさい」

と、いって、亀井は、電話を切った。

道警からの返事もきた。

それによれば、亀井が知らせた十七名の男のうち、全日空五七便の乗客名簿と一致したのは、一人だけだったという。

〈片山貢《かたやまみつぐ》（三十歳）繊維問屋「新川」店員〉

住所も書いてあった。

この男一名ということは、全日空五七便に、花井友彦は、乗っていなかったことになる。少なくとも、その名前では、乗っていなかったということである。

花井は、典子と一緒に、青函連絡船に乗って、北海道へ入ったのだから、当然なのだ。

そう考えると、亀井は、ほっとした。が、また、不安になってきた。

典子は、花井という男が好きらしい。しかし、その花井には、小林夕起子という恋人がいた。仲よく、身体を寄せ合うようにしているあの写真を見れば、恋人同士としか考えられない。しかも、その小林夕起子は、昨日、殺されているのだ。典子たちが行っている同じ北海道で。

典子は、このことを、知っているのだろうか？

「また、浮かない顔をしているね」

と、十津川にいわれて、亀井は、迷った末に、すべてを話した。

「花井という青年が、犯人だとは思わないんですが」

「そうだね。八月二日の朝から夕方まで、カメさんの姪御さんと列車に乗っていたのなら、殺せないよ。被害者は、モーテルの中で殺されていたんだからね」

「そのモーテルは、千歳空港から、どのくらい離れているんですか？」

「道警の話では、車で二十分くらいの距離だそうだ。モーテルのマネージャーは、午後一時四十分に、レンタ・カーで、二人がやって来たといっている。千歳空港のレンタ・カー営業所で借りた車だ。列車に乗っていた人間には、絶対に殺せないな」

「そうですね」

亀井は、肯《うなず》いた。が、なぜか、落ち着けなかった。

西本と日下《くさか》が、「片山貢」という男のことを調べに出ていたが、午後四時頃には、帰って来た。

「片山の働いている『新川』という店に行って来ました。彼は、五日間の休暇をとって、北海道へ出かけたと、上司や、同僚がいっています。八月二日に出発して、知床《しれとこ》を回ってくるといっていたそうです」

と、西本が、報告した。

「被害者との関係は、どうなんだ?」

十津川が、きいた。

「被害者は、その店に客として、来ていたわけですが、その応対には、この片山が、当たっていたといっています。片山は、三十歳ですが、まだ独身です。男と女の関係が、あったかどうかは、わかりませんね」

西本は、そういってから、片山貢の写真を机の上に置いた。

同僚と、山で写したもので、写真で見る限り、中肉中背で、平凡な顔立ちの男である。

十津川は、亀井に向かって、

「この男のほうが、カメさんの姪御さんの彼より、疑いが濃いと思うよ。何しろ、八月二日に、被害者と同じ飛行機で、札幌へ行っているんだからね」

「そう思いたいんですが——」

「西本君。すぐ、道警本部に連絡して、片山貢の行方を追ってもらうんだ。この男が、どうやら、本命らしいからね」

と、十津川は、若い西本刑事にいってから、また、亀井に眼を向けて、

「カメさん、ちょっと、お茶でも飲みに行かないか」

と、誘った。

庁内の喫茶店で、アイスコーヒーを飲みながら、十津川は、

「君は、花井という姪御さんの恋人が、犯人だと思うのかね？」

と、亀井に、きいた。

亀井は、首を横に振った。

「今のところ、花井がやったとは思えませんが、そのことより、姪のことが心配なんです。自分じゃあ、しっかりしていると思っているようなんですが、花井という男が、女にだらしないことも、見抜けなかったわけですからね。花井にだまされているんじゃないかと、むしろ、そのことのほうが、心配なんです」

「まだ、大学生だったね？」

「そうです。来年、卒業します」

「今、北海道のどのあたりを旅行しているのかね？」

「今は、サロマ湖近くのホテルにいるようです。明日は、宗谷岬《そうやみさき》に行くといっていまし

た」

「連絡がとれたんだね？」

「今日、電話がかかってきました」

「そのとき、連れの男に注意したほうがいいといったのかね？」

「自分の娘なら、そういうんですが、どうもいえませんでした。ただ、昨日の八月二日は、一日中、一緒だったのかときいただけです。そうしたら、函館で、『おおぞら3号』に乗ってから、釧路まで一緒だったというので、花井が、犯人ではないなと思ったんですが」

「なるほどね。大学四年なら、もう立派な大人だ。君が心配するほどのこともないんじゃないかな。それに、殺人犯でなければ、そのほうの心配もないからね」

「そうですね。私が心配するほどのこともないのかもしれませんね」

やっと、亀井の顔に、いつもの微笑が浮かんだ。典子は、花井が、前に、小林夕起子とつき合っていたのも、知っていたのかもしれない。それなら、亀井が、心配するほどのこともないだろう。

8

翌八月四日の昼頃に、道警本部の三浦警部から、電話が入った。

こちらで、電話に出たのは、十津川である。

「知床半島の民宿で、片山貢を見つけて、うちの刑事が、尋問《じんもん》しました」

と、三浦が、いった。

「それで、どんな感触でした？」

「片山は、八月二日の全日空五七便で来たことは、認めました。しかし、同じ飛行機に、小林夕起子が乗っていたのは知らなかったというのです。まあ、五百人もの乗客が乗っていたジャンボ機ですから、全く、嘘をいっているとは、断定できません」

「アリバイは、あるわけですか？」

「片山は、千歳空港から、女満別《めまんべつ》行きの飛行機に乗っています」

「女満別というと、知床半島の付け根近くですね？」

「そうです。一四時〇〇分千歳発の東亜国内航空のＹＳ機で、女満別着は、一五時〇〇分です」

「それに乗ったことは、間違いないんですか？」

「ありません。この飛行機も満席でしたが、六十四人乗りなので、スチュワーデスが、片山を覚えていましたから」

「しかし、一四時ちょうどの千歳発なら、モーテルで、小林夕起子を殺せるんじゃありませんか？　全日空五七便は、一二時一五分に千歳着です。一三時ちょうどに、被害者小林夕起子が、レンタ・カーを借り、犯人と一緒に、モーテルに着いたのが、一三時四〇分。着くとすぐ殺して、車で、千歳空港に引き返す。モーテルから空港まで、車で二十分で、ぎりぎりですが、猛スピードで飛ばせば、一四時発の女満別行きに、何とか乗れるんじゃありませんか？」

「われわれも、それを考えたんですが、結局、片山には、アリバイがありました。片山は、全日空から降りたあと、一四時まで、時間があるので、空港内の食堂で、食事をしていたら、同じ女満別行きの飛行機に乗るという女の二人連れと仲よくなったというのです」

「その二人連れというのは、実在したんですか？」

「同じ知床の民宿にいました。二十五歳と、二十六歳のＯＬで、片山と、千歳空港内の食堂で一緒になったことを認めました。一緒に知床へ行くと知って、お喋りをしたというのです。問題は、その時刻ですが、一三時五〇分過ぎまでお喋りをしてから、一四時発の飛行機に乗るために、食堂を出たといっています。これでは、モーテルで、小林夕起子を殺せません」

「そうですか、片山貢は、シロですか」

十津川は、喋りながら、ちらりと、亀井に眼をやった。これで、また、花井友彦という男が、容疑者として、浮かびあがってきたと、思ったからである。

電話を切ると、十津川は、亀井を呼んで、片山貢が、シロになったことを告げた。案の定、亀井は、暗い、心配そうな眼になった。

「犯人は、花井ということも、考えられますね」

「しかし、八月二日には、姪御さんと、ずっと『おおぞら3号』に乗っていたんだろう?」

「そうです」

「それなら、完全なアリバイじゃないか」

「しかし、どうも不安だったので、調べてみたんですが、この列車は『千歳空港駅』に停まるんです。空港の横に作られた駅です。しかも、この駅に着くのが、一三時一五分なんです」

十津川は、黒板に、眼をやった。そこには、全日空五七便の千歳着の時刻や、被害者がレンタ・カーを借りた時刻が書いてあった。

「そうなんです。小林夕起子が、レンタ・カーを借りたのが、一三時。モーテルに着いたのが一三時四〇分です。空港からモーテルまでは、二十分の距離ですから、一三時一五分に、花井が、『おおぞら3号』から降りてきて、被害者の借りておいた車に乗り、一三時四〇分までに、モーテルに着くことは、可能なわけです。前に、一三時ちょうどに、レンタ・カーを借りた被害者が、四十分もかかって、モーテルに着いたのは、おかしいと思っていたんです。二十分の距離ですからね。一三時一五分に、千歳空港駅を降りてくる花井を待っていたとすれば、ぴったりと合うわけです」

「そうだな、駅を降りて、車のところまで来るのに五分かかったとすれば、一緒に、レンタ・カーに乗ったのが、一三時二〇分で、その二十分後にモーテルに着いたことになって、ぴったり一致するねえ」

十津川は、大きく肯いた。が、すぐ、ニヤニヤ笑い出して、

「駄目だよ。カメさん。千歳空港駅で、降りたとして、モーテルまで、車で往復四十分かかるんだ。これは、最低の時間だよ。モーテルの室内で、殺すのに十分かかったとすれ

ば、五十分になる。四十分も、五十分も、列車が待ってくれているのかね？」

「いえ、『おおぞら3号』の千歳空港駅停車は、二分間です」

「それじゃあ、ぜんぜん不可能じゃないか。それとも、四十分後に、他の特急で、『おおぞら3号』に追いつけるのかね？」

「そんな列車はないようです」

「それなら、花井友彦は、シロだよ」

9

この事件自体が、道警本部の事件である。

普通のときなら、亀井は、この辺で、考えるのをやめて、事件の解決を、道警に委《まか》せてしまっただろう。

だが、今度だけは、姪の典子が巻き込まれそうな感じがするので、なかなか、放り出せなかった。

花井は、シロだと思いながら、万一という不安が、抜けないのである。

亀井は、捜査で北海道へ飛んだことはあるが、「おおぞら3号」という列車に乗ったことはない。

函館と釧路を結ぶ十両連結の特急列車だということは、時刻表を見ればわかる。昼間の特急列車だから、一つの駅に、せいぜい二、三分しか停車しない。従って、花井には、モーテルで、小林夕起子を殺すことは出来ないと結論を下したのだが、ひょっとすると、この「おおぞら3号」なら、可能なのではないかという気もしてくる。

もし、花井が犯人なら、姪の典子は、今、殺人犯人と一緒にいることになってしまうのである。

亀井は、もう一度、時刻表を開いた。「おおぞら3号」が、特別な列車かどうか、知りたかったからである。

「おおぞら3号」が、時刻表に最初に出てくるのは、函館本線、室蘭本線、千歳線（下り）のページである。

特急「おおぞら3号」は、九時四〇分函館発で、終着の釧路には、一九時一五分着と出ている。

どこといって、他の特急列車と違わないように見えるが、小さな注意書きがあるのに気がついた。

（この列車で、苫小牧《とまこまい》方面から千歳空港─札幌間を途中下車しないで追分以遠へ行く場合

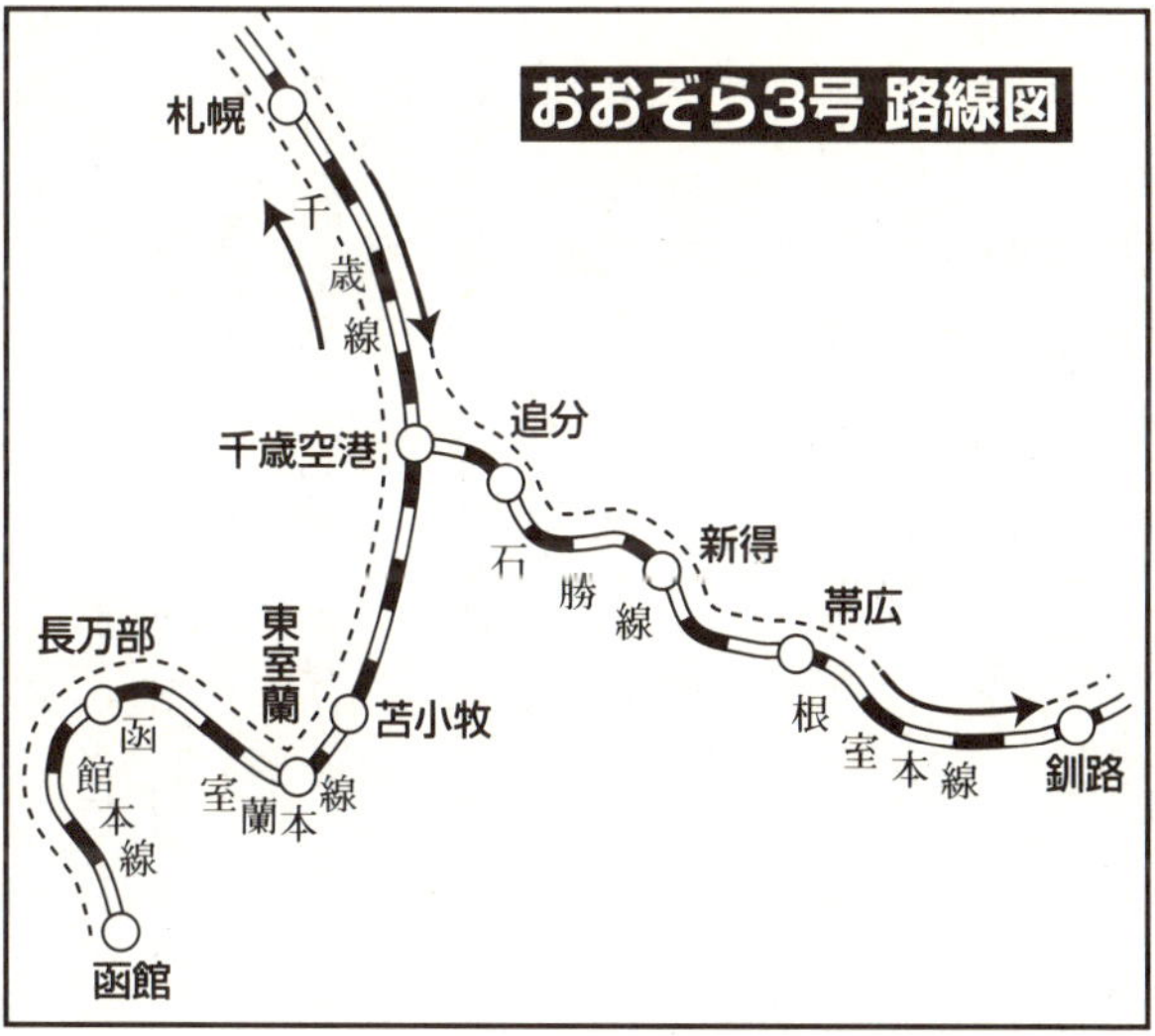

は、この区間の乗車券は必要ありません）

　一度読んだだけでは、何のことかよくわからなかった。

　首をひねりながら、次のページを開けた。

　このページは、千歳線、室蘭本線、函館本線（上り）になっている。

　ところが、このページにも、「おおぞら3号」の名前が出ているのだ。

（下りと、上りの両方に出ているというのはどういうことなのだろう？）

　国鉄では、下り列車には、奇数ナンバー、上り列車には、偶数ナンバーをつけている。

　新宿―松本《まつもと》間を走っているL特急「あ

ずさ」についていえば、1、3、5、7、9、11、15、17、19、23号は下りであり、2、4、6、8、10――号は、上り列車である。

当然、「おおぞら3号」は、下り列車である。それなのに、上りのページにも出ているのは、なぜなのだろうか？

索引地図を見、時刻表の停車駅を一つ一つ追っていって、その謎は解けた。

簡単なことなのだ。

「おおぞら3号」は、苫小牧を通って、千歳空港へ向かうが、そこからすぐ、石勝線に入らず、いったん、札幌に向かう。

札幌に着くと、今度は、引き返して来て、千歳空港から、石勝線に入って、釧路へ向かうのである。

つまり、千歳空港―札幌間を、往復するのだ。

函館から、直接、釧路へ行く人にとっては、無駄な時間をついやされるわけである。

だから、――途中下車しないで、追分以遠へ行く場合は、この区間の乗車券は、必要ありませんという注意書きが、必要になるわけである。

また、千歳空港と札幌の間を、「おおぞら3号」は、往復するわけだから、当然、上りと下りの両方のページに、のることになる。

（犯人は、この特徴を利用したに違いない）

問題は、「おおぞら3号」が、千歳空港―札幌間を、往復する所要時間である。

まず、下りのページを見る。

「おおぞら3号」の千歳空港着は、一三時一五分、札幌着一三時五〇分。

今度は、上りのページを見る。

「おおぞら3号」が、折り返して、札幌を発車するのが、一三時五六分で、千歳空港着は、一四時二九分。

千歳空港―札幌間は、停車しない。

つまり、「おおぞら3号」に乗った人間は、一三時一五分に千歳空港駅に到着して、ここで降りると、列車が、札幌へ行って、引き返して来るまでに、一時間十四分間、ここで待つことになる。逆にいえば、一時間以上の余裕があるわけである。

小林夕起子を殺した犯人は、彼女と一緒に、一三時四〇分に、モーテル「夢の城」に着き、彼女を殺している。

殺すのに、十分間かかったとしても、犯人は、一三時五〇分に、モーテルを、車で出発して、二十分後に、千歳空港駅に到着出来るはずである。

一四時一〇分に、駅に着けば、十九分後に着く「おおぞら3号」に、ゆうゆう乗り込めるのだ。

花井は、この方法を使ったのだと、亀井は思った。

「おおぞら3号」なら、釧路まで、この列車に乗りながら、千歳空港近くのモーテルで、殺人を犯せるのだ。

とすれば、花井は、典子を、アリバイ作りの証人に利用したことになる。彼女が八月二日には、ずっと、彼と一緒に「おおぞら3号」に乗っていたと証言したからこそ、亀井も、最初は、花井をシロと断定してしまったのだから。

問題は、花井が、いったん、千歳空港駅で降りたあと、モーテルで小林夕起子を殺して戻って来て、折り返して来た「おおぞら3号」に乗り込むまでの一時間十四分間、座席にいないことである。それを、典子に不審に思われたら、このトリックは成立しない。

亀井が、典子に電話したとき、彼女は、何もいっていなかった。上野から青森までの寝台特急の中で、よく眠れなかったといっていたから、問題の区間、典子は、眠っていたのかもしれない。いや、花井が、睡眠薬を与えて、眠らせた可能性がある。一時間十四分、眠らせなくてもいいのだ。十五、六分間だけ、トイレへ行っていたとでもいって、誤魔化《ごまか》せる。

それに、典子と花井は、恋人同士だ。典子は、花井が、殺人などやるはずがないと思っているだろう。

その典子が、今も、花井と一緒にいる！

10

亀井は、十津川にいった。

十津川は、亀井の話を、じっと聞いていたが、

「さっき、道警のほうから、連絡があって、レンタ・カーが、千歳空港の駐車場で見つかったそうだよ。国鉄の駅とは、長さ二四三メートルの連絡橋で結ばれているだけだから、君のいうとおり、折り返して来た『おおぞら3号』に乗った可能性は強いね」

「犯人は、花井に間違いありません。姪は、知らずにいます。私が行って、助けてやらないと」

「北海道へ行かせて下さい」

「道警に任せるというわけにはいかないのか？」

「いきません。道警を信用しないわけじゃありませんが――」

「北海道へ着いても、道警と協力して、花井を追う気はないんだろう？」

「それをしていては、間に合いません」

「しかし、それでは、正式に、君を北海道へやるわけにはいかんよ」

「わかっています。休暇をとって、個人として、北海道へ行きます」

「花井が犯人だという推理は、道警に伝えようか？」

「いや、それは、一日待っていただけませんか」

亀井は、堅い表情でいった。

「なぜだね？」

「花井は、姪を、アリバイ作りの道具に使いました。彼は、それに成功したと信じている間は、姪を殺さないでしょう。アリバイの証人ですから。しかし、失敗したとわかったときは、むしろ、危険な存在に見えてくるに違いありません。姪が、不自然だったことに気付く恐れがあるからです。だから、殺しかねません」

「そうだな」

と、十津川は、肯いた。証人をだまして作ったアリバイの場合、その証人は、双刃《もろは》の剣《つるぎ》である。

「君の推理は、聞かなかったことにしよう。すぐ、休暇届けを出したまえ」

「ありがとうございます」

亀井は、礼をいい、すぐ、三日間の休暇届けを出した。

三日のうちには、事件を解決したかったし、三日以上かかったときは、典子が、危険になるだろうという気があった。

亀井は、羽田空港に急いだ。

学校が夏休みに入っている時期で、北海道や、沖縄に向かう機は、どれも満席である。

それを、殺人事件の捜査ということで、予備の席を、提供してもらった。

典子と花井は、今日は、宗谷岬を見物し、稚内《わっかない》のホテルに泊まることになっていた。

一〇時五五分羽田発の東亜国内航空のA—300に乗ることが出来た。

一二時二五分に、千歳空港着。おかげで、ここから、稚内行きの日本近距離航空のYSに乗ることが出来た。

このYSは、一日一便だけで、千歳を一三時〇〇分に出発し、稚内空港に着くのは、一四時〇五分である。もちろん、こちらも、満席だった。

空港からは、国鉄の稚内駅まで、バスが出ている。

亀井は、そのバスに乗った。

稚内駅までは、二十五、六分である。太陽は強烈だが、さすがに、北海道の北端だけに、風は、さわやかである。気温も、二十五、六度だろう。

二階建ての稚内駅前でバスを降りた乗客からは、ノシャップ岬行きのバスに乗りかえる者が多い。

亀井は、彼らと別れて、典子たちが泊まることになっているホテルを探した。

稚内の町は、背後に、「氷雪の門」などの碑が多い広い稚内公園が、広がっている。駅から、その公園に向かって、二百メートルほど歩いたところに、ホテル稚内があった。

五階建てのかなり大きなホテルである。

亀井は、外の公衆電話から、そのホテルに電話をかけてみたが、花井と典子は、まだ、着いていないということだった。

亀井は、ホテルのロビーに入って行き、その横にある喫茶室で、コーヒーを頼んだ。

そこからだと、ホテルに入ってくる客の姿が、よく見えるからである。

五時半頃になって、典子が、花井と肩を並べるようにして、入って来た。

「やあ」

と、亀井は、わざと、明るく、二人に向かって、手をあげた。

典子は、びっくりした顔で、

「どうしたの？　叔父さん」

「ちょっと、稚内に用があってね、その用がすんでから、君が、ここに泊まることになっていたのを思い出してね」

　亀井は、いいながら、花井の表情を窺《うかが》った。初対面のとき、典子が、亀井のことを、警視庁の刑事だと紹介しているから、亀井のことは、知っているはずである。

　しかし、花井は、亀井を見て、微笑しただけだった。

「どんなご用だったんですか？」

　と、花井が、きいた。

「プライベートな仕事でね。だから、休暇を貰って来たんだ。そうだ、ちょっと、この娘《こ》を借りるよ。両親に頼まれたことがあるんでね」

　亀井は、強引にいい、典子だけを連れて、ホテルを出た。

「ママに、彼のことを、喋ってしまったの？」

　歩きながら、典子が、きく。

「いや、約束だから、喋っていないよ」

「じゃあ、どんな伝言なの？」

「それは、口実なんだ。君と二人だけで話したくてね」

「彼に聞かれては、まずいことなの？」

「まあね」

「わからないわ。どんなことか教えて」

「八月二日に、君と花井は、函館から、釧路行きの『おおぞら3号』に乗ったんだったね？」

「ええ」

「よく思い出してほしいんだが、途中で、眠ったことがあったんじゃないのか？　そうだね。時間でいえば、午後一時から、二時頃にかけてなんだが」

「なぜ、そんなことを？」

「今、わけはいえないが、大事なことなんだよ」

典子は、しばらく考えていたが、

「そうね」

「お昼近くなって、彼が、車内の売店で、駅弁と、お茶を買ってきてくれたの。あの列車には、食堂車がついてないから。その食事のあと、眠ってしまったんだわ。前から、眠たかったんだけど」

「起きたのは何時頃だった？」

「列車は、石勝線に入っていたわ。雪害対策で作ったスノー・シェルターの中を走っていたから」

「石勝線か」

そうすると、札幌から折り返して、二度目に千歳空港駅に停車したあとである。やはり、典子は、問題の時間、座席で、眠っていたのだ。いや、眠らされていたというべきだろう。

花井は、「おおぞら3号」の時刻表を見て、綿密に、計算したに違いない。函館を出発して、千歳空港に着く前に、十二時になる。

東室蘭の少し手前あたりだろう。そこで、車内で、駅弁とお茶を買ってきて、昼食にしようという。そのお茶の中に、睡眠薬を入れておけば、十五、六分後には、眠ってしまう。つまり、問題の千歳空港―札幌の間を、「おおぞら3号」が往復する一時間十四分間を眠らせておけるのだ。

「君が、眼をさましたとき、花井は、何といったんだ？」

と、亀井は、きいた。

「眼がさめたかい？　とかいったんだと思うけど、よく覚えてないわ。私が、今、どこときいたのは、はっきり覚えてるんだけど。そしたら、今、いったみたいに、もう石勝線に入ってるって、彼が、教えてくれたの」

「君が、眼を覚ましたとき、花井は、妙な行動をとらなかったかね？」

「妙な行動って？」

典子は、眉《まゆ》を寄せて、亀井を見た。

「そうだね。やたらに汗を拭くとか、妙に機嫌が悪いとか、そういうことなんだが」

と、亀井は、いった。

花井が、犯人なら、モーテルで女を殺してから、車で千歳空港に戻り、駐車場に、車を置き、戻って来た「おおぞら3号」に乗った直後のはずである。

様子がおかしくても不思議はないと思って、きいたのだが、典子は、首をかしげて、

「さあ、気がつかなかったけど——」

「じゃあ、どんなことでもいい、君が、眼を覚ましてから、花井がとった行動を、全部、話してくれないか」

「何なの？　それ。彼に、何か問題があるの？」

「それは、あとで説明するよ。その前に、今の質問に答えてくれないか」

「そうねえ。何もなかったけど、眼やにのことぐらいかな」

「眼やに？」

「眼を覚ましてから、彼が、眼やにがついてるよっていったの。あわてて、洗面所へ、顔を洗いに行ったわ」

典子が、笑いながらいった。

「本当に、眼やにがついていたのかい？　どうも信じられないが」

「嘘だったみたい。でも、きっと、寝惚《ねぼ》けて変な顔をしていたから、眼やになんて、彼は、いったと思うのよ。ただ、顔を洗ってきたらといっても、私が、行かないと思ったんじゃないかな」

典子は、あくまで、花井の好意と受け取っているようだった。

（これは、花井と引き離すのが、大変だな）

と、亀井は、思った。

11

亀井は、まず、典子を、花井から引き離してから、彼を追い詰めたいと思っていた。それが、一番、安全な方法だと考えたからなのだが、典子が、彼を愛し続けていては、どうも、上手《うま》くいきそうにない。

亀井は、小林夕起子が、千歳空港から車で二十分のモーテルで殺されたこと、彼女が、花井と親しかったこと、花井が、犯人である可能性が強いことなどを、典子に話した。

「花井は、君をアリバイ作りの道具に利用したんだよ。彼は、間違いなく、殺人犯だ。自分を守るためには、君だって、殺すだろう。だから、君は、すぐ、東京に帰りなさい。私は、花井を、とっちめて、小林夕起子を殺したことを吐かせるつもりだ」

「そんなこと、信じられないわ」

「だが、八月二日に花井は『おおぞら3号』を利用して、小林夕起子を殺したんだ。君が、この列車に、ずっと一緒に乗っていたと証言するのを見越してね」

「信じられないわ」

「花井は、人殺しだよ」

「じゃあ、彼に、そういったら？　私も一緒に、彼が、何というか聞きたいわ」

「君は、いないほうがいい」

「いいえ。一緒にいます。私は、彼が、人殺しをしたなんて信じられないもの」

典子は、頑固にいった。

亀井は、肩をすくめた。

「いいさ。花井が、何というか、楽しみだな」

二人で、ホテルに戻ると、花井は、ロビーに待っていて、

「お話はすみましたか？」

と、亀井に、きいた。やはり、心配で、先に部屋に入ることが出来なかったのだろう
と、亀井は、思いながら、

「今度は、君に話がある」

「僕にですか？　僕たちは、真剣な交際をしています」

「そんなことじゃない」

「叔父さんは、あなたが、小林夕起子という女性を殺したと思ってるの」

と、横から、典子がいった。

「僕が、人殺しを？」

花井は、大げさに、驚いてみせた。

亀井は、花井と、小林夕起子が並んで写っている写真を、取り出して、テーブルの上に置いた。

「この女を知らないとはいわせないぞ」

「知ってますよ」

と、花井は、肯き、ちらりと、典子に視線をやって、

「もちろん、典子さんと知り合う前のことで、僕は、べつに好きでもないのに、向こうで、勝手につきまとっていただけですよ。僕は迷惑していたんです」

「それで、殺したのかね？」

「とんでもない。僕は、人を殺すことなんか出来る人間じゃありませんよ。あの女は、惚《ほ》れっぽい性格でしてね。何人もの男とつき合っていたんです。容疑者は、ゴマンといるんじゃありませんか？」

「だがね。彼女は、自分の部屋に、その写真だけを飾っていたんだ。君に惚れていた。結婚を考えていたんだろう。それが邪魔になって、君は、彼女を殺したんだ。千歳空港近くのモーテルでだ。たぶん、君は、彼女に電話して、北海道へ呼び寄せたんだ。一緒に、北海道旅行をしようといってね。一〇時五〇分羽田発の全日空五七便に乗ること、千歳に着いたら、午後一時に、レンタ・カーを借りて、待っていることを、君は、指示した。君と一緒に北海道旅行が出来ると、有頂天《うちょうてん》になった彼女は、それが、罠《わな》だとは気がつかなかったんだ」

亀井は、喋っているとき、典子の顔色が一瞬、変わったのを、見逃さなかった。何か、彼女に、思い当たることがあったのだろう。

「ちょっと、待って下さい」

と、花井が、亀井の話を、遮《さえぎ》って、

「小林夕起子は、いつ殺されたんですか？」

「八月二日の午後一時四十分頃だ」

「それなら、僕には、アリバイがありますよ」

「わかってるよ。私の姪と、その頃は、函館から釧路に行く列車に乗っていたというんだろう？」

「そうです。『おおぞら3号』という特急に乗っていたことは、典子さんも知っていますよ。ずっと一緒に、その列車で、釧路まで行ったんですから。彼女にきいて下さい」

「もちろん、聞いたさ。最初は、まんまと、だまされて、君は、シロだと思ったよ。しかし、君は、『おおぞら3号』という特急列車の特殊性を、うまく利用したんだ。この列車が、釧路へ行く途中で、千歳空港駅と札幌駅の間を、往復することをだ。この往復に、一時間十四分かかる。君は、その時間を利用し、千歳空港駅で下車し、先に来て、レンタ・カーを借りて待っていた小林夕起子と、モーテルへ行き、絞殺したんだ。そして、同じ車で、千歳空港へ戻って来て、折り返して来た『おおぞら3号』に、何くわぬ顔で、乗り込んだんだ」

「しかし、亀井さん。そんなことをしたら、一緒にいる典子さんが、怪しみますよ。彼女は、僕が、千歳空港駅で、降りたり、乗ったりするのを見たとでもいってるんですか？」

「いや。その間、彼女は、寝ていたんだ。君に、睡眠薬を飲まされてな。君は、昼頃、車内で、駅弁と、お茶を買って、典子に渡した。そのお茶の中に、睡眠薬を入れたんだ」

亀井が、極《き》めつけるようにいった。が、花井は、その端整な顔に、軽い皮肉な笑いを浮かべて、

「証拠がありますか？」

12

「証拠？」

「そうです。証拠ですよ。今は、脅して、殺したといわせて、それで有罪に出来る時代じゃありませんよ。亀井さんは、警視庁の優秀な刑事さんだから、そのくらいのことは、よくご存じだと思いますが」

「あくまで、小林夕起子を殺してないというのかね？」

「もちろんですよ」

と、花井は、大きく肯いてから、

「あの列車の中で、典子さんが眠ったのは、確かに、そのとおりですよ。彼女は、強行軍で疲れていたし、上野から青森までの夜行列車の中では、よく眠れないようでしたから

ね。昼食がすんだあと、ぐっすり眠ってしまったとしても、べつに不思議はありませんよ。僕は、起こすのも気の毒だと思って、何もしなかったんです。彼女が、車内で眠ったからといって、その間、僕がいなかったということにはならないでしょう？　僕は、ずっと、『おおぞら3号』に乗っていたんですから。もし違うというのなら、その証拠を示してくれませんか」

と、攻撃してきた。

亀井は、言葉に窮《きゅう》して、一瞬、黙ってしまった。

確かに、花井が、モーテルで小林夕起子を殺すことが可能だったことは証明されたが、だからといって、花井が、八月二日の「おおぞら3号」から、途中で降りたという証明にはならないのだ。

何しろ、その間、連れの典子は、眠り続けていたのだから、隣りの席の花井が、いなかったことを証言できない。

夏休みなので、車内は混んでいたが、二人のいたグリーン車は、空席が多かったようだ。ほかの乗客を見つけ出して証言させるのも難しいし、ほかの席のことを注意しているような乗客がいるとも思えない。

亀井が、黙ってしまうと、花井は勝ち誇ったように、ニヤッと笑って、

「かまわなければ、これから、夕食をとりたいんですがね。君も一緒にどうだ」

と、典子に声をかけた。

「あんまり食べたくないわ」

典子がいうと、花井は、

「じゃあ、ここの地下にある食堂へ行っている。君も、あとから来たらいい」

といって、立ち上がった。

亀井は、ロビーに残った典子に、

「なぜ、一緒に行かなかったんだ?」

「ちょっと気になることがあったから」

と、典子が、いう。

「さっき、電話の話をしたら、君は、顔色が変わったね。何か、引っかかることがあったんだろう?」

「函館の駅で、『おおぞら3号』が出るのを待っている間、私は、ママに電話したんだけど、彼も、どこかに電話してたわ」

「それが、なぜ、引っかかったんだ?」

「遠距離へかけてたんだけど、両親は九州で、彼は、東京にひとり暮らしでしょう。役所へは休暇届けを出しているんだから、連絡する必要はないはずだしと考えたら、変な気がしたのよ」

「函館というと、午前九時三十分頃かな？」

「ええ、九時四〇分発だから、その頃だわ」

「たぶん、小林夕起子に電話したんだろうな。彼女は、羽田発一〇時五〇分の便に乗ったんだから、必ず行くように、念を押したんだと思うね」

「でも、彼が犯人だという証拠はないんでしょう？　彼が、『おおぞら3号』から、途中で降りて、女の人を殺したという証拠もないし――」

「いや、花井は、犯人だよ。その証拠も、確かにあるはずだ」

亀井は、じっと、考え込んだ。

犯人は、不自然な行動をとった。とすれば、どこかに、穴があいているはずなのだ。

「君が、眼を覚ましたとき、花井は、眼やにがついているといったんだね？」

亀井は、確認するように、典子を見た。

「ええ。だから、あわてて、洗面所へ顔を洗いに行ったわ」

「つまり、眼やにがどうかということより、花井は、君を洗面所に行かせたかったんだ。何か、そうしなければならない理由があったことになる」

「でも、それは、おかしいわ。私は、起きたばかりで、ぼやっとしてたわ。もし、彼が犯人なら、しばらくは、ぼやっとさせておいたほうが都合がいいんじゃないかな。洗面所へ行って、冷たい水で顔を洗えば、すっきりしてしまうもの。だから、それを考えても、彼が、犯人とは思えないわ」

「確かに、犯人としては、おかしな行動だと思う」

「でしょう」

「だが、それにも拘《かかわ》らず、花井は、君を急いで洗面所へ行かせる必要があったんだ」

花井は、まんまと、小林夕起子の殺害に成功して、千歳空港駅に戻った。「おおぞら3号」が、札幌から折り返して来て、乗り込むと、計画したとおり、典子は、まだ、眠り続けている。

すべてが、上手くいったのだ。

こんなときには、動かずにいたほうがいいのに、彼は、眼を覚ました典子を、すぐ、洗面所へ行かせた。行かせる必要が起きたのだ。思わぬミスを発見して、それを、誤魔化すために、洗面所へ行かせたのだ。

洗面所へ行かせることが目的だったとは思えない。とすると、席を立たせることが、目的だったのではないか？

（だが、何のためだろうか？）

亀井は、また、考え込んでしまった。

花井は、もう一度、「おおぞら3号」に乗ったとき、自分のミスに気付いた。そのミスは、典子を、席から立たせなければ、おぎなえないことだったに違いない。

「おおぞら3号」は、札幌で折り返す。そこに、何か問題があったのではないのか？

（進行方向だ！）

札幌で、折り返せば、当然、列車の進行方向が逆になる。函館を出発するときの1号車が、札幌で折り返して、釧路へ向かうときに、最後尾にくるはずである。

（花井は、それを忘れていて、あわてたのではないか？）

進行方向が逆になれば、乗客の座る座席の方向も変わってくる。

函館を出発したとき、みんな、進行方向に向かって、腰かけている。このままでは、札幌で折り返したとき、乗客は、うしろ向きになってしまう。

「おおぞら3号」は、札幌に六分間停車するから、その間に、座席の向きをかえるのだろうが、典子は、よく眠っているから、かえられない。

花井は、殺人を了《お》えて、千歳空港駅で乗ったとき、それに気付いたのだ。グリーン車の座席が、全部、向きをかえているのに、典子の座っている席だけが、逆方向に向いていることに。

彼は、起きたばかりの典子を、洗面所に行かせ、その間に、あわてて、座席の向きをかえたのだ。

亀井は、ホテルの電話を借りて、札幌駅へかけ、こちらの希望する人間を呼んでもらった。そのあと、相手と、十五、六分喋ってから、満足して、受話器を置いた。

「一緒に、食堂へ行ってみよう」

と、亀井は、典子も誘って、地下におりて行った。

地下の食堂では、花井が、ひとりで夕食をとっていた。亀井は、典子と、その前に、腰を下ろした。

「何か注文して下さい。僕がおごりますよ」

と、花井がいうのへ、亀井は、首を横に振って、

「殺人犯からおごられるのは困るよ」

「まだ、そんなことをいっているんですか？　証拠はあるんですか？」

「明日の朝、八月二日の『おおぞら3号』の車掌長が、ここに来てくれる。道警本部の刑事も来る。車掌長は、こう証言してくれたよ。八月二日の『おおぞら3号』が、札幌で折り返したとき、グリーン車の座席も、向きをかえた。進行方向が逆になったからだ。とこ

ろが、乗客の一人が眠っていて、その座席をかえることが出来ない。よく眠っていたので、そのままにしておいたが、気になったので、時々、のぞいていた。確か、背の高い男が一緒だったのに、その男がいない。トイレにしては、時間がかかりすぎると思っていたら、驚いたことに、その男は、千歳空港駅で乗ってきた。しかも、グリーン車に、直接、乗り込んで来たのではなく、先頭の車両に乗って、通路を歩いて来たといっている。車掌長は、そのことを、証言するといっているんだ。もちろん、君のことだ。君は、『おおぞら3号』という列車の特性を利用して、殺人計画を立てたが、札幌から折り返したとき、進行方向が逆になること、当然、座席の向きも変わることをうっかり忘れていたのが、致命傷だったな。車掌長だって、そうでなければ、グリーン車の一人の乗客のことを、注意して、見たりはしなかっただろうからね」

振り子電車殺人事件

1

南紀白浜《なんきしらはま》は、東の熱海《あたみ》や、九州の別府《べっぷ》と共に、日本を代表する温泉地である。温泉のほかに、海水浴場や、ゴルフコースなどもあり、四季を通じて、観光客が絶えない。

気短かな人なら、東京、名古屋からの航空便を利用する手もあるが、大半の客は、国鉄の白浜駅で降りる。

さして大きな駅ではないが、駅前には、白浜、湯崎《ゆざき》、ワールドサファリ、あるいは、田辺《たなべ》、椿《つばき》温泉などへ行くバスの乗場があり、レンタ・カーの営業所もある。

列車から降りて来る人々は、バスや、タクシー、あるいは、レンタ・カーで、目的地へ向かう。

ちょうど、昼頃に、白浜駅に降りた観光客の中には、駅近くの食堂で、食事をしてから、バスに乗る人もいる。

この日、八月二十日に、駅前のレストラン「白浜」に入って来た男も、そうした観光客の一人らしかった。

ボストンバッグを下げた四十五、六歳の男である。

「ええと、かつ丼が出来るかね」

と、男は、お茶を運んできたウェイトレスにいった。

ほかにも、家族連れの客がいたが、入れ代わりに、店を出て行った。

男は、お茶を飲み、それから、煙草を取り出して、火をつけた。

異変が起きたのは、そのときだった。

突然、男が、口にくわえていた煙草を落とし、「ううッ」と、呻《うめ》き声をあげたのである。

両手で、のどを掻《か》きむしりながら、椅子《いす》から転《ころ》げ落ちた。

ウェイトレスが、びっくりして、

「お客さん、どうなさったんですか？」

と、床に倒れた男を、のぞき込んだ。

男は、床の上で、身体を折り曲げて、ただ唸《うな》り声をあげている。

「旦那さん！」

若いウェイトレスが、甲高《かんだか》い声で叫んだ。

主人の井上《いのうえ》は、太った身体をゆするようにして、出て来たが、あわてて、ウェイトレスに、「救急車を呼ぶんだ」といってから、男の傍に屈《かが》み込んだ。

「大丈夫ですか？　お客さん」

「下りの——グリーン車の男——」

「下りが、どうかしたんですか？え？」

井上は、太い腕で、男の身体を抱き起こしたが、もう、男は、ぜいぜいいうだけだった。井上には、どうしていいかわからなかった。

何が起きたのかも、わからなかった。

五分して、救急車が到着した。が、男は、すでに、事切れていた。

念のために、市内の救急病院へ運んだが、それは、死亡を確認しただけのことである。

病院では、毒物死の疑いがあるとみて、警察に連絡した。

和歌山県警の刑事が駈《か》けつけたのは、さらに、十分後である。

「たぶん、水銀系の農薬じゃないかと思いますね」

と、医者は、県警の長谷川《はせがわ》警部にいった。

「駅前のレストランから運ばれて来たということでしたね？」

長谷川は、汗を拭きながらきいた。

「そうです。『白浜』という店から、救急車で、運ばれて来たんです。ここへ着いたときには、もう死亡していましたが」

「その店へ行ってみよう」

と、長谷川は、部下の田口《たぐち》刑事を促《うなが》した。

2

食堂の主人の井上は、まだ、蒼《あお》い顔をしていた。

「うちじゃあ、まだ、お茶しか出していませんでしたからね。食中毒ってことは、ありませんよ」

井上がいうのを、長谷川は、手を振って、

「食中毒で死んだんじゃないんだ。どうも、農薬を飲んだらしい。それで、男のことを聞きたいんだが、前に、来たことのある客だったかね？」

「いや。初めてのお客さんでしたよ」

「駅からやって来たのかな？」

「さあ、たぶん、そうだと思いますが、はっきりしたことはわかりませんね。白浜温泉からやって来て、列車に乗る前に、食事をとろうとしたってこともありますからね」

「なるほどね。それで、男は、何を注文したんだ？」

「かつ丼ですよ。それが出来ないうちに、突然、苦しみ出して、びっくりしましたよ」

「それで？」

「どうしたんですかってきいたら、変なことをいいましたよ」

「変なこと？」

「下りのグリーン車の男が、どうとか――」

「下りのグリーン車の男ねえ。そのあとは？」

「それだけですよ。きき直したときには、もう、口も利けなくなっていましたよ。やっぱり死んだんですか――」

井上は、溜息をついた。

長谷川は、男が、最後にいったという言葉を重視した。

もし、これが、殺人事件なら、「下りのグリーン車の男」が、犯人かもしれない。

男の死体は、解剖のために、大学病院へ送られ、長谷川たちは、男の所持品を調べた。

十八万円入りの財布
ダンヒルの腕時計
崎田徹《さきたとおる》の名刺五枚

同じ名前のCDカード

これが主なものだが、名刺とCDカードから見て、男の名前は、崎田徹と考えてよさそうである。

名刺には、「新中央興業会計課長」の肩書が刷《す》ってあった。会社の住所は、東京の中央区八重洲《やえす》である。

しかし、長谷川警部が、あっけにとられたのは、ボストンバッグの中身だった。ルイ・ヴィトンのボストンバッグを開けてみると、中から出てきたのは、古い週刊誌だけだったのだ。各種の週刊誌が、二十冊も詰め込んであった。

「何だい？　これは」

と、長谷川は、苦笑して、週刊誌を、机の上に放り出した。

「レストランの主人は、男が、ボストンバッグを、大事そうに持っていたといっていましたね」

田口刑事も、わけがわからないという顔で、首をかしげている。

「大切なボストンバッグの中身が、古雑誌か」

長谷川は、念のために、週刊誌のページを繰ってみたが、何かはさんである様子はなかった。ただの古い週刊誌である。

ルイ・ヴィトンのボストンバッグのほうは、新しいもので、ブランド製品だから、十五、六万円はするだろうが、だからといって、大事そうにしていたとは思えなかった。

「下りのグリーン車の男か」

と、長谷川は、呟《つぶや》いてから、

「その男に、毒を飲まされたかな」

「しかし、警部。被害者は、レストランに彼ひとりで入って来たそうじゃありませんか」

「だから、その店へ来る前に飲まされたんだ」

「水銀系の農薬というのは、そんなにゆっくり作用するものですか?」

「たぶん、カプセルに入れたヤツを飲まされたんだ。カプセルの厚さを調整すれば、飲んでから、死ぬまでの時間も、ある程度、かげんできるだろう」

「そうかもしれませんが、そうだと、おかしいことが出てきますよ」

田口は、難しい顔でいう。

「どんな点が、おかしいんだ?」

「被害者は、レストランで、『下りのグリーン車の男』といったわけです」

「ダイイングメッセージとみていいだろうね」

「とすると、被害者は、自分に毒を飲ませた犯人のことを告げたことになります。下りのグリーン車というところをみると、白浜へ来る下りの列車のグリーン車の中で、その男に飲まされたことになります」

「そんなところだろうね」

「もし、被害者が、相手の男をよく知っていれば、名前をいったと思うのです」

「そうだな。だから、見知らぬ男だったんだろう」

「そこがおかしくありませんか。見知らぬ男に、列車の中で、毒を飲まされたことになってしまいます。ビールとか、コーヒーに混ぜて、すすめられたら、相手が、知らない男でも、飲むかもしれませんが、その場合には、すぐ、毒が利いてしまって、白浜の駅で降りて、レストランまで歩けませんよ。だから、警部のいわれるように、カプセルに詰めたものを飲まされたと思いますが、そんなものを見知らぬ男から貰って、飲むでしょうか？」

「その疑問は、私も感じるよ」

　と、長谷川は、肯《うなず》いてから、

「とにかく、この崎田徹という男が、いったい何者なのか、東京で、調べてもらおうじゃないか」

3

捜査依頼は、電話で行なわれた。

受話器を置いた、警視庁捜査一課の十津川警部は、亀井刑事に向かって、

「ちょっと面白い事件だよ。南紀白浜駅前のレストランで、男が毒死した。カプセルに入れた水銀系の毒物で殺されたらしい。その男が、大事そうに持っていたルイ・ヴィトンのボストンバッグには、札束ではなく、古雑誌の束が入っていたそうだ」

「確かに、面白い事件ですね」

「死んだ男の名前は、崎田徹。東京駅八重洲口にある新中央興業の会計課長だ。もう一つ、男のダイイングメッセージは、『下りのグリーン車の男』だそうだ」

十津川は、そのダイイングメッセージと男の名前を黒板に書きつけた。

すぐ、日下と西本の二人の刑事が、新中央興業へ出かけて行った。

「下りのグリーン車ですか」

亀井は、時刻表を取り出して、ページを繰っていった。

「白浜駅前のレストランに入って来たのは、十二時十五分頃だったそうだよ」

「東京から行くとすると、大阪回りで行く方法と、名古屋から、関西本線と紀勢《きせい》本線を経由する方法とがありますね」

「下りのグリーン車というから、大阪経由じゃないだろう」

「そうですね」

肯いて、亀井は、「紀勢本線、阪和《はんわ》線（下り）」のページを開いた。

「新宮《しんぐう》一〇時二〇分発の『くろしお7号』というのがあります。この『くろしお』は、九両編成のL特急で、グリーン車も、一両ついています。それに、『くろしお7号』の白浜着は、一二時〇五分です」

「その列車だろうね」

と、十津川も、時刻表をのぞき込んだ。

この列車は、新宮発だから、被害者は、前日、ここに、一泊したのかもしれない。

日下と西本の二人の刑事が帰って来たのは、五時間ほどしてからである。

二人とも、顔から、汗を吹き出していた。

まだ、夏の盛りで、外は、三十度を越す暑さだからだろう。

「ご苦労さん」

と、亀井が、二人に、冷えた麦茶を出した。

日下は、一口飲んでから、

「新中央興業というのは、何でも扱う商社ですね」

と、十津川に、いった。

「商社ねえ」

「雑貨から、トラックまで扱っています。相手は、主として、東南アジアですが」

「それで？」

「メーカー品と称して、安物のビデオデッキを、大量に東南アジアに売りつけて、問題になったことがあります」

「ふーん」

「そこの管理部長に会って、崎田徹のことをきいてみたんですが、これが、どうも妙なんです」

と、西本が、いった。

「どう妙なんだ？」

「崎田は、一ヵ月前に退職しているから、うちの会社とは、関係ないというわけです。ところが、会計課の女の子にきいたら、今月も、崎田は、会社に来ていたというんです」

「妙な話だな」

「その女子社員の話では、課長の崎田が顔を見せなくなったのは、八月十六日からで、十五日には、社にいたそうです」

「崎田の評判は？」

「堅物《かたぶつ》で通っていたそうです」

「家族はいるのか？」

「娘が、半年前に、交通事故で死んでいます」

「奥さんは？」

「奥さんは、早く亡くして、娘を、男手一つで育てていたと聞きました」

「あまり幸福じゃなかった男か――」

「どうも、あの会社は、おかしいですよ」

と、日下がいった。

「被害者の扱い方がか？」

「そうです。会計課の女の子に、われわれが質問していたら、上役が、心配そうに、聞き耳をたてていましたからね。被害者と会社との間に、何かあったんじゃないかと思うんです」

「何かと問題のある会社か」

「前に、ニセのダンヒルのライターや、ニセのオメガの時計が、大量に出回ったことがありますが、それにも、この新中央興業が関係していたんじゃないかといわれています」

「社長は、どんな男なんだ？」

「川原勇三《かわはらゆうぞう》という五十二歳の男で、弁護士あがりです」

「今でも、弁護士の資格を持っているのか？」

「いいえ。暴力団と関係していたことがわかって、五年前に、弁護士の資格を失っています」

「すると、今でも、暴力団と関係があるのかね？」

「それはわかりません。その点を、管理部長にきいたら、とんでもないと、否定していましたが」

「もう一つ、女の名前が浮かんできました」

これは、西本が、いった。

「被害者には、女がいたのか？」

「同じ会計課の社員で、池田章子《いけだあきこ》という二十七歳の女性が、同じく、八月十六日から、来なくなっています。四谷《よつや》のアパートに住んでいたんですが、そこにも、帰っていません」

「被害者と、彼女の間には、何か関係があったのかね？」

「彼女の同僚の話では、二人が、並んで歩いているのを見たことがあるということです。夜おそくですが」

「女ねえ。被害者のダイイングメッセージでは、男だからな。彼女が、毒を飲ませたのではないらしいね」

「これが、彼女の写真です」

西本が、一枚の写真を、机の上に置いた。

いかにも、平凡な目立たない感じの女だった。今風にいえば、ネクラな感じのする女である。

この女が、四十過ぎの男、それも、上司と関係があったのだろうか。

4

警視庁から、東京での調査の結果と同時に、池田章子の写真も、電送されてきた。

和歌山県警では、その写真を、何枚もコピーして、白浜周辺のホテルや、旅館に配った。

彼女が、被害者と関係があるとすれば、白浜に来ている可能性があったからである。

翌八月二十一日になって、解剖の結果も出た。

死因は、やはり、水銀系の農薬による心臓麻痺《まひ》での窒息ということだった。

とすれば、どうしても、カプセルに入れて飲ませたとしか考えられない。

県警の長谷川も、被害者が、白浜まで乗って来たのは、下りの「くろしお7号」だろうと、考えた。

白浜着が、一二時〇五分で、レストラン「白浜」の主人の証言に合うからである。この列車のグリーン車内で、被害者の崎田徹は、男に、農薬入りのカプセルを飲まされたのだろう。

問題は、名前も知らない男から、どうして被害者が、農薬入りのカプセルを飲まされてしまったかという疑問である。

田口刑事たちが、被害者の顔写真を持って、白浜駅に行った。が、昨日は、夏休み中で、乗降客が多く、改札掛《がかり》は、被害者を覚えていなかった。

その日の夕方になって、白浜警察署から、手配の池田章子を見つけたという連絡が入った。

白浜温泉の「うしお旅館」に、泊まっているという。

長谷川は、すぐ、田口を連れて、急行した。

白浜の近くにある旅館である。潮騒《しおさい》が聞こえてくる。

池田章子は、山田良子という偽名で、昨日から泊まっているということだった。

長谷川が、二階の部屋にあがって行き、警察手帳を見せると、彼女は、顔色を変えて、

「あの人に、何かあったんですか」

と、きいた。

「あの人というのは、崎田徹さんですね？」

長谷川が、きき返すと、今度は、黙り込んでしまった。

「あなたは、崎田さんと同じ会社にいた池田章子さんですね？」

「――」

「崎田さんは、死にましたよ」

「死んだ――？」

「そうです。死にました」

「そんな――」

と、彼女は、絶句した。

「それも、殺されたのではないかと考えられるのですよ。われわれは、犯人を捕まえなければならんのです。だから、協力していただけませんか」

「本当に、崎田さんは、殺されたんですか？」

池田章子は、じっと、長谷川を見つめた。

「そうです。犯人に、心当たりはありませんか？」

「私には、わかりません」

「あなたは、昨日、この旅館に来たそうですね？」

「ええ」

「ここで、崎田さんに会うことになっていたんですか？」

「ええ」

「なぜ、一緒に来なかったんです？」

「彼が、別に用があるというし、私は、新宮に親戚があるので、一昨日は、そこに泊まって、昨日、ここへ来たんです」

「新宮からは、『くろしお7号』で、来たんじゃありませんか？　一〇時二〇分新宮発の列車です」

「ええ。なぜ、ご存じですの？」

章子は、びっくりした顔できいた。

「死んだ崎田徹さんは、この列車に乗っていたと思われるんですよ。昨日の『くろしお7

号』のグリーン車に乗っていたんです」

「まさか――」

「あなたは、グリーン車に乗りましたか？」

「いいえ。自由席ですわ」

「それなら、わからなかったのかもしれませんね」

「でも、一緒の列車だったなんて、信じられませんわ」

章子は、うつろな顔でいった。

長谷川は、そんな女の顔を、じっと見つめながら、この女が、犯人ではないのかと思っていた。

殺された崎田は、「下りのグリーン車の男」といったといわれている。

しかし、そのダイイングメッセージは、長谷川が聞いたわけではなかった。井上というレストランの主人が聞いたのである。しかも、突然の異変に、仰天《ぎょうてん》しながら聞いたのだから、「おんな」といったのに「おとこ」と、聞き違えたということも、考えられるのではないか。

彼女なら、崎田も、何の警戒も抱かずに、農薬入りのカプセルを飲んでしまうだろう。

「崎田さんの持っていたルイ・ヴィトンのボストンバッグには、古い週刊誌が詰まっていたんですが、なぜだか、わかりますか？」

「古雑誌が？」

「そうです。古雑誌を、大切に持っていた理由がわからない。あなたなら、わかるんじゃありませんか？」

「わかりませんわ」

と、章子はいったが、その眼は、落着きを失《な》くしていた。明らかに、動揺しているのだ。崎田の死と同じように、ボストンバッグのことが、彼女を動揺させたに違いなかった。

「何か知っているんですね？」

と、長谷川は、章子の顔をのぞき込むように見た。

章子は、まだ迷っているようだったが、しばらく、間《ま》を置いてから、

「崎田さんが殺されたのは、本当なんですか？」

と、きき直した。

長谷川は、「本当です」といった。

「あとで、確認をしてもらいますがね」

「ボストンバッグの中身が、古雑誌だったというのも、本当なんですね？」

「東京を出るときは、あの中に、札束が入っていたんじゃありませんか？」

長谷川が、切り込むと、章子は、覚悟を決めたように、

「五千万円入っていたはずなんです。それと、何か書類が」

と、いった。

「五千万円と書類ですか。それは、会社の金ですか？」

「ええ」

「それでは、会社の金を持ち逃げしたわけですか？」

「でも、会社は、崎田さんに、不正経理とか、中古車の不正輸出なんかの責任を負わせようとしたんですわ。だから、おとなしい崎田さんも、怒ってしまって、会社のお金を持って逃げたんですわ」

「あなたは、そんな彼に同情したわけですか？」

「ええ」

「五千万円と一緒に入っていた書類というのは、何なんですか？」

「私は知りません。でも、それを持っていれば、会社は、おれに、どうにも出来ないんだと、崎田さんは、いってたんですけど」

章子は、肩を落とし、黙ってしまった。

5

「五千万円の持ち逃げか」

十津川は、電話を切って、小さな唸り声をあげた。

亀井に、和歌山県警からの連絡内容を話した。

「それに同情した部下のＯＬとの逃避行だったわけですか」

と、亀井は、小さな溜息をついた。

よくある話のようでもあるし、特別な事件のようでもある。

「崎田は、会社の秘密を握っていて、それで会社を牽制《けんせい》したつもりだったんだろうね。だが、相手が悪かった」

「社長の川原勇三が、直接手を下したとは思えませんが」

「社長がやったのなら、崎田は、ダイイングメッセージで、ちゃんと、犯人の名前をいっているだろう。社長の川原に頼まれた誰かが、下りの列車のグリーン車の中で、崎田に、農薬入りのカプセルを飲ませ、五千万円と、会社の不正を証明する書類の入ったボストンバッグと、古雑誌を詰めた同じルイ・ヴィトンのボストンバッグをすりかえたんだ」

「なぜ、カプセル入りにしたんでしょうか?」

「時間稼《かせ》ぎだよ。即死したんでは、自分が逃げられなくなるからね。問題は、崎田は、逃避行だから、用心深くなっていたはずなんだ。それなのに、なぜ、見知らぬ男の出したカプセルを飲んだかということだよ」

「そうですね。池田章子なら、簡単に飲ませられたでしょうが」

「和歌山県警では、それで、彼女に疑惑の眼を向けているらしい。崎田のダイイングメッセージの『グリーン車の男』というのは、『グリーン車のおんな』というのを、レストランの主人が、聞き違えたのではないかといっていた」

「なるほど」

「もう一つの考えは、彼女には、男がいたという線だ」

「なるほど。車内で、自分の友だちだとか、親戚だとかいって、その男を、崎田に紹介し、男が、薬をすすめたということですね。それなら、崎田は、簡単に飲んだかもしれませんね」

「だから、崎田は、死ぬ間際《まぎわ》に、『男』といったんじゃないかというわけだよ。和歌山県警は、この線もあると思っているようだ。男は、すりかえたボストンバッグを持って、そのまま、下り『くろしお7号』に乗って行く。大阪の天王寺《てんのうじ》まで行く列車だからね。池田章子は、疑われるといけないので、白浜で一緒に降り、先に白浜温泉へ行く。間もなく、崎田が死ぬとわかっているから、理由をつけて、先にバスに乗ったんだろう」

「池田章子に、崎田以外の男がいたかどうか、調べてみましょう」

「もう一つの線も調べてくれ。社長の川原勇三が、誰かをやって、殺させたという線だ。チンピラに、金を与えて殺させたということは、まず考えられないね。会社の不正を証明する書類が一緒だったわけだからね。社長が信頼している人間だろう」

「川原のまわりにいる人間で、ここ二、三日、様子がおかしかったり、旅行したりしている男を、チェックしてみます」

亀井は、他の刑事数人を連れて、飛び出して行った。

十津川は、南紀の地図を取り出して見ていたが、図書室へ行き、国鉄の特急列車について書いた本を、借り出した。

崎田徹は、ダイイングメッセージで、「下りのグリーン車」といっていることから、特急「くろしお」という列車が、マークされた。

いかにも、南紀の海岸線を走る列車にふさわしいトレインネームである。

この紀勢本線を走る列車は、ほかにも、急行「きのくに」があるが、逃げていることを考えれば、常識的に見て、特急「くろしお」を利用するだろう。

それに、十二時前後に、白浜に着くのは、「くろしお」だし、池田章子自身、下りの「くろしお7号」で、新宮から白浜に行ったと証言している。

「国鉄の特急列車」という本によれば、L特急「くろしお」は、やはり、黒潮のことで、曲線の多い紀勢本線で、スピードアップをはかるために、昭和五十三年十月から、381系振り子電車が投入され、地方幹線としては類を見ない表定速度八十キロを達成したと書かれてあった。「くろしお」の写真ものっている。クリーム色の車体に、赤い横の帯が入っていて、波頭の図案のところに「くろしお」という字の入ったヘッドマークをつけた特急電車である。

（振り子電車か）

だが、その説明がないので、具体的に、どんな車両なのか、わからなかった。

曲線区間では、どうしても、スピードを落とさざるを得ない。それを克服するための車両だということはわかる。たぶん、振り子の原理を利用したものだろうが、それ以上は、乗ったことがないので、はっきりしない。

（一度、乗ってみたいものだ）

と思う反面、振り子電車だろうが、普通の電車だろうが、殺人には関係ないとも思った。振り子電車だからといって、殺人がやり易《やす》いということはないだろう。

二時間ほどして、まず、西本ともう一人の刑事が帰って来た。

「池田章子の男関係を調べて来ました」

と、西本が、報告した。

「地味な性格だったせいで、上司の崎田以外に、男の匂《にお》いはありませんね」

「兄か弟はどうだ？」

「兄が一人いますが、これは、年齢が三十二歳で、すでに結婚して子供も二人います。当日のアリバイも、はっきりしています」

「やはり、会社関係かな」

と、十津川は、いった。

亀井は、若い日下刑事を連れて、川原勇三の周辺を調べていたが、夜おそくなって、帰って来た。

「川原は、会社でも、社長秘書を置いていますが、そのほかに、私設秘書といった、若い男を二人、使っています」

と、亀井が、いった。

「私設秘書のほうだな。正式な秘書なら、殺された崎田も、顔は知っているだろうから、ダイイングメッセージで、名前か秘書といった言葉をいったはずだ」

「私も、そう思いましたので、私設秘書の二人を追ってみました。それについては、日下君が、報告します」

「ええと、名前は、片野真一《かたのしんいち》、二十八歳と、永江幸夫《ながえゆきお》、三十五歳です。片野は、大学時代空手《からて》部の主将をやっていまして、どうやら、秘書というより、川原のボディガードをやっているようです」

と、日下が、メモを見ながらいった。

「永江のほうは？」

「こちらは、身長一七〇センチ、やせた、インテリタイプです」

「たぶん、やったとすれば、永江のほうだろうね。毒をカプセルに入れて飲ませるというのは、空手の猛者《もさ》の手口じゃない。二人のアリバイは、どうなんだ？」

「直接、この二人にきいてみたんですが、片野は、八月二十日には、朝から、社長の川原に付いて、千葉県内のSゴルフクラブに行ったといっています。夕方までです」

「裏はとれたのか？」

「川原は、間違いなく、八月二十日の午前十時に、Sゴルフクラブに行っています。懇親ゴルフということで、政治家や、同業者も集まっていて、証人は、たくさんいます。片野ですが、彼は、川原が、グリーンに出ている間、クラブハウスで待っていたことは、従業員が証言していますし、午後六時ごろ、千葉市内で、宴会が開かれましたが、片野は、それに出ています」

「永江はどうだ？」

「八月十九日の午後、大阪にある新中央興業の大阪支店に、社長の命令で行ったそうです」

「大阪？」

「そうです。仕事がすんだあと、支店長と、キタの『葵《あおい》』というクラブで飲み、午前一時頃、ホテルに戻った。翌日は、大阪市内を見物してから、夕方、東京に帰ったといっています。二十日の夕方、東京へ帰ったことは、裏がとれました。永江がよく行くという銀座のステーキ屋があるんですが、ここの主人が、二十日の午後七時頃、間違いなく、永江が来て、食事をして行き、大阪のお土産《みやげ》をくれたと証言しています」

「大阪府警に頼んで、八月十九日の行動をチェックしてもらおう」

と、十津川は、いった。

翌日、大阪府警に、調査を依頼したが、永江が、十九日の夜、大阪キタの「葵」というクラブで飲んだことは、簡単に証明された。

この店は、新中央興業大阪支店の支店長の行きつけの店で、永江は、ママに、名刺を渡していた。

ママと、テーブルについたホステスの証言によれば、支店長と永江は、午前一時近くまで飲み、ホステスの一人が、永江を、タクシーで、大阪市内のホテルまで送って行ったということだった。

「問題は、八月二十日の永江の行動ですね」

亀井がいう。

「もちろんだ。この地図を見てくれ」

と、十津川は、時刻表の索引地図を広げた。

「南紀を走るL特急『くろしお』は、大阪の天王寺と、白浜、新宮の間を走っている。永江が犯人とすれば、彼は、八月二十日の『くろしお』に乗り、グリーン車内で、崎田に、毒入りのカプセルを飲ませたんだよ」

十津川は、指先で、天王寺から、白浜までの路線を、なぞって見せた。

「適当な列車がありますか？」

と、亀井が、きいた。

「一〇時〇〇分天王寺発、新宮行きの『くろしお8号』がある。この列車の白浜着は、一二時〇四分だ。白浜のレストランの主人は、十二時十五分頃に、崎田が店にやって来たといっているのだから、ぴったりだよ」

十津川は、時刻表を見ながらいった。

「犯人が、その列車に乗っていて、白浜に着く前に、崎田にカプセルを飲ませたとしてですが、同じ日の午後七時に、銀座で、ステーキが食べられますか？」

と、きいたのは、日下刑事だった。

「それは、大丈夫だ。終着の新宮まで行かずに、犯人も、白浜でおりてしまう。そして、白浜発一二時〇八分、天王寺行きの『くろしお7号』に乗って、引き返すんだ。この列車の天王寺着が、一四時一六分。天王寺から、新大阪までは、大阪環状線を使ってもいいし、地下鉄御堂筋《みどうすじ》線を使ってもいい。地下鉄なら、天王寺―新大阪間は、二十分しかかからない。乗りかえなどの時間を見ても、三十分あれば、新大阪へ着けるはずだ。つまり、一四時四六分には新大阪に行けるんだよ。一五時一〇分新大阪発東京行きの『ひかり6号』に乗れば、東京に一八時二〇分（午後六時二十分）に着く。午後七時に、銀座で、ステーキが食べられるんだ」

十津川がいうと、日下は、眼を輝かせて、

「これで、決まりですね。永江が、社長の川原にいわれて、L特急『くろしお8号』の中で、崎田に、毒入りのカプセルを飲ませ、五千万円と、書類の入ったボストンバッグを、すりかえて、持ち去ったんですよ」

一瞬、これで、事件が、解決したような空気になった。

だが、十津川が、急に、「駄目だ」と、いった。

「国鉄では、下りに奇数、上りに偶数をつけている。天王寺一〇時〇〇分発の『くろしお8号』は、上り列車だよ。殺された崎田は、ダイイングメッセージで、『下りのグリーン車』といってるんだ」

6

壁にぶつかってしまった。

十津川をはじめとして、困惑した顔が並んだ。

「崎田が、上りと下りを間違えたということは、考えられませんか？」

と、西本刑事が、遠慮がちにいった。

「可能性はあるが、今は、崎田のダイイングメッセージが、正しいとして考えなければいけないよ。もし、ダイイングメッセージを疑ってかかったら、推理は、成り立たなくなってしまうからね」

十津川は、厳しい眼でいった。

「下りの『くろしお』になると、やはり、『くろしお7号』しかありませんね。ほかに、十二時頃、白浜に着く下りはありませんから」

亀井が、時刻表を見ながら、確認するようにいった。

「そうだよ。カメさん」

「問題は、この『くろしお7号』に、永江が、新宮―白浜の間で、乗り込めるかどうか、ということになりますね」

「不可能じゃない。新宮一〇時二〇分発の天王寺行きの『くろしお7号』は、白浜までは、紀伊勝浦《きいかつうら》（一〇時三八分）、串本《くしもと》（一一時一〇分）と、二つの駅に停車するんだ。十九日に大阪のホテルに泊まった永江が、先回りして、その二つの駅から、『くろしお7号』に乗れればいいんだよ」

「調べてみましょう。天王寺始発の『くろしお』は八時〇〇分発の『くろしお2号』ですが、これが、紀伊勝浦着が一一時四三分で、駄目ですが、一つ手前の串本には、一一時一〇分に着きます。『くろしお7号』は、同じ一一時一〇分に串本に着きますが、発車は一一時一一分です。一分しか停まりませんが、何とか乗れると思います。乗れれば、崎田に毒入りのカプセルを飲ませられますよ」

「午前八時ちょうどの天王寺発か」

「永江が、何時にホテルを出たかが、カギになりますね」

と、亀井がいった。

十津川は、もう一度、大阪府警に依頼して、調べてもらうことにした。

返事は、一時間後に、もたらされた。

「永江幸夫が泊まったのは、大阪駅近くのＫホテルです」

と、大阪府警の三浦《みうら》刑事が、電話で、十津川にいった。

「Ｋホテルから、天王寺までは、どのくらいの距離ですか？」

「車より、地下鉄のほうが早くて、十分もあれば行けます」

「永江が、八月二十日の何時に、チェックアウトしたか、わかりましたか？」

「午前九時三十分です」

「本当ですか？」

「間違いありません。ホテルの会計係が覚えていました。というのは、フロントに、善意の箱が置いてあって、会計のあと、お客が、釣銭を入れたりするわけです。永江は、それに、一万円札を、ぽんと入れたので、会計係が、びっくりしてしまって、よく覚えていたわけです。九時三十分にチェックアウトしたことは、間違いありません」

電話が切れたあと、十津川は、ぶぜんとした顔になった。九時三十分にホテルを出たのでは、天王寺八時発の「くろしお2号」には乗れないのだ。この事態を、どう考えるかということになってきた。

十津川は、考え込んだ。

いくつかの対応の仕方がある。

第一は、西本がいったように、崎田のダイイングメッセージ自体が、間違っているという考え方だ。

崎田は、「上り」というべきところを、「下り」といい間違えたとすれば、永江は、殺人が可能なのである。

崎田が、上りの「くろしお8号」の車内で毒入りのカプセルを飲まされたのだとすれば、大阪のホテルを九時三十分に出た永江は、ゆっくり「くろしお8号」に乗れるからである。

しかし、この推理が正しいとすれば、崎田が、なぜ、ダイイングメッセージで、「上り」と「下り」を間違えたかというはっきりした理由がなければならない。

第二は、永江も、川原も、殺人事件には無関係だという考えである。そうだとすれば、犯人は、和歌山県警の考えるように、池田章子ということになるだろう。

章子に、別の男がいれば、その男と共謀して、崎田の五千万円を奪い取ったということになり、「下りのグリーン車の男」というダイイングメッセージが、そのまま、納得されることになる。

「問題は、崎田の行動だね」

と、十津川はいった。

崎田は、会社の金五千万円と、重要書類を持って、東京を逃げ出した。

八月十六日から、崎田も、池田章子も、会社に来なくなったという。

章子は、十九日は、ひとりで、新宮の親戚の家に泊まったと証言している。

十九日に、崎田は、どこにいたのだろうか？

わかっているのは、二十日の昼の十二時十五分頃、国鉄白浜駅前のレストランに現われた崎田が、「下りのグリーン車の男」というダイイングメッセージを残して、死んだということである。

前日の十九日に、崎田も、新宮にいたのなら、犯人は、池田章子だろう。

7

和歌山県警も、崎田徹と、池田章子の足取りを追っていた。

まず、池田章子が、十九日に、本当に新宮にいたかどうか、彼女に、別の男がいたかどうかを、調べてみた。

章子は、新宮に、親戚があるので、そこに泊まったといっている。県警の二人の刑事が、新宮市に出かけた。

新宮は、熊野《くまの》川の河口に出来た町である。製材、製紙の盛んな木材の町であると同時に、勝浦、湯ノ峰《ゆのみね》、川湯《かわゆ》などの温泉への起点でもあって、そのせいで、六十軒近い旅館が、点在している。

章子の親戚は、この町で、魚屋をやっていた。県警の刑事が、訪れて行くと、確かに、十九日に、章子が来て、一泊し、翌二十日の朝、帰ったといった。

そのときは、彼女が、一人で来たという。

崎田が一緒だったとすれば、彼のほうは、新宮市内の旅館に泊まったに違いない。そこで、崎田の顔写真を持って、六十軒の旅館を、一軒一軒、回って歩いたが、泊まったという答えは見つからなかった。

新宮に近い川湯温泉や、勝浦温泉にも、捜査の足を伸ばしてみたが、結果は、同じだった。

どうやら、崎田は、十九日に、新宮周辺には、来なかったと、考えるより仕方がないということになった。

章子は、八月二十日に、新宮から、一〇時二〇分発の「くろしお7号」に、ひとりで乗ったという。それは、事実だったのだろうか？

もし、事実なら、章子は、崎田を殺した犯人ではないのだ。それでも、県警は、池田章子犯人説を捨て切れなかった。彼女には、はっきりした動機があったからである。五千万円の現金は、殺人の動機には十分だろう。それに、「下りの――」という崎田のダイイングメッセージもある。

章子は、逮捕しないでいるが、それでも、監視はつけてあった。もし、彼女が犯人だったら、崎田から奪った五千万円を、どこかに隠してあるだろうし、それを、取りに動くのではないかと考えていたからだが、彼女は、白浜の旅館から、動こうとしなかった。

崎田の二十日以前の動きについては、和歌山県警だけでは、調べようがない。

県警の長谷川警部は、東京警視庁の十津川警部に、合同捜査会議を持ちたい旨《むね》を、電話で告げた。

「私が、東京へ行ってもいいのですが」

長谷川がいうと、十津川は、

「いや、私に、そちらへ行かせて下さい。実は、私も、亀井刑事も、一度、紀勢本線を走っている『くろしお号』に乗ってみたいと思っているんです。振り子電車というそうですが、どんな電車なのか、興味がありますからね」

と、いった。

「じゃあ、どこへ迎えに行きますか？」

「事件が起きた白浜へ行くつもりにしていますので、そこで、お会いしたいですね」

と、十津川は、いった。

8

東京から、南紀白浜へ行くルートは二つある。

新幹線で、名古屋まで行き、名古屋からは、関西本線、紀勢本線と乗りつぐ方法である。ブルートレインを使うのなら、前日の夕方、東京から、ブルートレイン「紀伊」に乗れば、翌日の午前七時二十二分に紀伊勝浦に着けるから、ここから、「くろしお」に乗ってもいい。

もう一方は、新幹線で、新大阪まで行ってしまい、天王寺へ出て、ここから、白浜、新宮行きの「くろしお」に乗る方法である。こちらのほうが、距離的には、遠回りだが、紀勢本線の単線区間を使用しないことなどのために時間的には、早く着く。

十津川は、この二つのルートを検討した揚句《あげく》、大阪回りを選んだ。

東京でも、殺人事件が連続して起きているので、一時間でも早く着けるほうにしたかったのと、池田章子よりも、永江幸夫に、疑惑の眼を向けていたからでもある。

池田章子が犯人とすると、彼女の行動は、いかにも馬鹿げていると、十津川は、思うのだ。まるで、疑われるために、動いているとしか思えない。

カプセルに毒を入れて飲ませるというのは、それが溶けるまでの時間を利用して、自分のアリバイを作るためだろう。

それなのに、被害者が、白浜に着いたと思われる十二時頃に、彼女も、白浜に降り、バスで、白浜温泉に向かっている。

被害者が、「下りのグリーン車――」と、ダイイングメッセージを残しているのは、新宮から、「下り」の「くろしお7号」に乗ったことを、訴えているのだ。

それに反して、永江のほうは、二十日の朝、大阪のホテルを出たあとの行動が、あいまいなままである。市内を見物してから、東京へ帰ったというが、朝九時三十分に、ホテルを出てから、夜の七時に、銀座で夕食をとるまでの間が、空白である。

永江のアリバイは、ただ一つ、被害者のダイイングメッセージが、「上り」ではなく、「下りのグリーン車――」だったことで成立している。これが逆だったら、永江はすでに逮捕されていても、おかしくはないのだ。

（もし、ダイイングメッセージが、間違っていたら？）

十津川が、大阪回りとしたのは、それを、確認したかったのである。

十津川たちの調査では、被害者の崎田徹は、生前、南紀をよく旅行したという証言はなかった。崎田は、東北の生まれで、これといった趣味はなく、旅行をよくしたということもなかったらしい。

彼が、南紀の白浜で、章子と落ち合うことにしたのは、新宮に親戚がいる彼女の提案によるものだろう。

それに、東京から逃げた二人にとって、関西の白浜は、かくれるのに、恰好《かっこう》の温泉場だったのではないか。

もし、崎田が、生まれて初めて、紀勢本線の「くろしお号」に乗ったとすれば、何か、

「上り」と「下り」を間違えることとぶつかったのかもしれない。

それも確かめたくて、十津川は、関西回りにしたのである。

その結果が、どう出るかはわからない。もしかすると、永江幸夫はシロで、池田章子がクロの結果になってしまうかもしれなかった。

十津川と亀井は、翌朝、午前六時〇〇分東京発の「ひかり21号」に乗った。東京駅始発の列車である。

十津川も、亀井も、眠くて、列車の中で、眠ってしまった。

新大阪に着いたのは、九時一〇分である。これなら、天王寺へ出て、問題の「くろしお8号」に乗ることが出来る。

天王寺までは、地下鉄を利用した。

（果たして、上りの「くろしお」を、被害者が、下りと間違えるようなことがあるのだろうか？）

9

十津川と亀井は、捜査で、大阪へも何回か来ていたが、天王寺に来たのは初めてだった。

大阪の天王寺というと、東京育ちの十津川は、動物園ぐらいしか想像できないのだが、実際に行ってみると、この天王寺駅が、南紀への玄関だということが、よくわかる。規模は違うが、上野が、東北、上越への玄関だというのと、よく似ている。

十津川と、亀井は、白浜までの切符を買った。乗るのは、もちろん、一〇時〇〇分発の「くろしお8号」である。

早く着いてしまったので、「くろしお8号」はまだ、ホームに入っていなかった。

十津川が、ホームの売店で、煙草を買っていると、

――和歌山行きの下りの電車は、間もなく発車しますよと、いった声が聞こえてくる。

(おや?)

と、十津川が、思ったのは、ここから出る「くろしお」は、すべて「上り」のはずだったからである。

今のは、駅のアナウンスではなかった。

駅員と乗客の会話だった。駅員が、「下り」と、いったのである。

その駅員が、「上り」と「下り」を間違えたのだろうか?

しかし、駅員が、間違えるとは、思えなかった。

十津川は、天王寺駅の助役をつかまえて、聞いてみることにした。

「この天王寺から、下りの列車が出ることもあるんですか？」

十津川が、きくと、陽焼けした顔の、中年の助役は、

「それが、何か事件と関係があるのですか？」

と、十津川の渡した名刺を見ながら、きき返した。

「ええ。ある殺人事件で、問題になっているのです。大変に、大事なことですから、教えていただきたいのですが」

「ここから出る阪和線の電車は、すべて、下りです。和歌山まで行く電車です」

「しかし、ここから出る『くろしお』は、上りでしょう？」

「そのとおりです」

「その辺が、どうも、よくわからないんですが」

「こういうことなんです」

親切な助役で、次のように、十津川に説明してくれた。

天王寺から和歌山までは、「阪和線」である。大阪の阪と和歌山の和である。

「くろしお」が、大阪（天王寺）から出ているので、紀勢本線の起点が、天王寺のように思えるが、実際には、紀勢本線は、和歌山から、新宮の先の「亀山《かめやま》」までの線区をいうの

である。

阪和線は、天王寺が起点で、和歌山が終点なので、「下り」になる。

しかし、紀勢本線は、亀山が起点で、和歌山が終点なので、新宮方面から、和歌山に向かうほうが「下り」で、逆は、「上り」になる。「くろしお」が、和歌山から出ると、わかりやすいのだが、それでは不便なので、天王寺から出発する。そのため、阪和線の中で、「下り」の線路を、「上り」の「くろしお」が走ることになってしまったのである。

従って、天王寺から出る列車のうち、和歌山まで行く普通電車は、「下り」で、白浜、新宮へ行く「くろしお」は、「上り」ということになってしまうのだ。

これでは、乗客が混乱してしまうというので、天王寺のホームには、上り、下りの表示はしていない。

「ただ、駅員が、乗客にきかれて、つい、下り電車といってしまうこともあると思います。ここから出る阪和線の電車は、すべて、『下り』ですから」

と、助役は、いった。

十津川は、助役に礼をいい、売店で、時刻表を買って、亀井と、入線した「くろしお8号」に乗り込んだ。

座席に腰を下ろしてから、改めて、時刻表を見た。

紀勢本線を走る「くろしお」というように思っていたが、正確には、阪和線と、紀勢本線の二つの線区を走るのである。

その阪和線のページを見ると、天王寺から和歌山へ向かう電車の列車番号が、すべて、奇数になっている。国鉄では、下りを奇数、上りを偶数で表わしているから、これは、明らかに、下りの電車なのだ。同じく天王寺から、白浜、新宮に向かう「くろしお8号」は、偶数だから、これは明らかに、上りであることを示している。

十津川は、それを亀井に話すと、亀井は、眼を輝かせた。

「これで、崎田徹が、上りと下りを間違えたという可能性が出てきたじゃありませんか。普通の乗客は、列車番号の奇数が下りで、偶数が上りなんて知りませんよ。この天王寺駅で、これから南へ向かうのは、下りだといわれて、『くろしお』も、下りだと思い込んでいたんじゃないですか。だから、『くろしお8号』に乗ったのだが、下り列車に乗っていたと思い込んでいたんですよ」

「その可能性はあるね。次は、この列車に乗った崎田が、なぜ、見知らぬ男から、毒入りのカプセルを貰って、飲んだかということだね」

と、十津川は、いった。

車内は、ほぼ、満席である。白浜方面へ行く列車なので、いかにも、これから湯治《とうじ》に行くのだという感じの団体客の姿もある。

「ずいぶん、窓の低い列車ですね」

窓際に腰を下ろした亀井が、窓の外を見ながらいった。

隣りには、阪和線の電車が入っている。なるほど、亀井のいうように、こちらの車両は、窓が低い。

381系振り子電車というは、車窓が低くなっているのかもしれない。

そのほかにも、ほかの電車と違う点も多かった。座席の間隔が、狭いので、窮屈である。

窓は、ガラスが二重になっていて、ブラインドが内蔵されている。ハンドルがついていて、回すと、ブラインドが、上下する。感じはいいのだが、窓枠《わく》が狭いので、缶ビールなどは、のせることが出来ない。

一〇時ちょうどに、「くろしお8号」は、天王寺駅を出発した。

振り子電車というので、すごく揺れるのではないかと思ったが、いっこうに、揺れはひどくならない。普通の電車と同じである。

和歌山までは、ノン・ストップである。助役の話を聞いたあとなので、阪和線の区間は、遠慮して停車しない感じで、十津川は、おかしかった。

和歌山着一〇時四五分。

「普通の電車と、変わったところはありませんね」

亀井が、首をかしげながらいった。

一分停車で、「くろしお8号」は、再び、動き出した。

スピードが、あがってくる。

天王寺と、和歌山の間は、割りに、直線区間が多かったが、和歌山を出てから、次第に曲線が多くなった。

普通の電車なら、曲線に入るときに、スピードを落とすのだが、この列車は、百キロ近いスピードを、全く落とさない。

車体が、強烈に傾く。しかし、スピードは落ちない。普通の電車なら、こんなに傾いたら、脱線してしまうだろう。

振り子電車に初めて乗ったので、十津川は、少し気分が悪くなってきた。トイレに行くために、立ち上がった亀井が、危うく、転びそうになった。

車体が、右に左に、大きく揺れる。揺れるというより、振り出されるという感じである。座席にいると、身体が、放り出されるところまではいかないが、通路に出ると、つかまりながらでないと、歩けない。

トイレから戻ってきた亀井が、溜息をついている。

「驚きましたよ。普通の電車だと、カーブに入ると、全車両が、一斉に傾くでしょう。ところが、この列車は、カーブに入った一両ずつ傾くんですよ。直線になって、この車両がもとに戻っても、隣りの車両は、まだ、大きく傾いたままなんですよ。それを見てたら、気持ちが、悪くなりましたよ」

と、亀井が、いう。

「なれれば、何でもないんだろうね」

十津川が、いったとき、通路の反対側の席にいた中年の男が、

「気分が悪いんですか?」

と、声をかけてきた。

「たいしたことはありません」

亀井が、答えると、相手は、ニコニコ笑いながら、

「私なんか、なれていて平気ですが、初めての人は、気分が悪くなることがあるんですよ。これを飲むといいですよ」

と、仁丹《じんたん》を差し出した。駅の売店で売っている小さな仁丹のケースだった。

「ありがとう」

亀井は、それを貰って三粒ばかり口に入れてから、十津川と、亀井は、顔を見合わせた。

「これじゃありませんか？」

と、亀井が、小声でいった。

十津川も、肯いた。

「崎田も、たぶん、初めて振り子電車に乗ったので、気分が悪くなったんだ。そのときを狙って、犯人は、薬をすすめたんだろう。気分が悪いのが治ると思ったんだと思うね。自分でも、一粒、飲んで見せたのかもしれないね。崎田も、気分が悪くなっていたので、すすめられるままに、カプセル入りの錠剤を飲んだんだと思う。白浜近くで飲ませれば、降りてから死ぬわけだよ」

10

十津川と亀井が、はしゃいでいるのを、相手は、変な顔をして見ていたが、

「どうですか？　そちらの方も」

と、十津川にも、仁丹をすすめた。

十津川は、笑顔になった。

「もちろん、頂きますよ」

ケースを、受け取って、二粒、三粒と、口の中に放り込んだ。

梅の香りのする仁丹だった。

一一時二五分に、御坊《ごぼう》に着いた。

三十秒の停車で、すぐ出発した。右手に太平洋の真っ青な海が広がり、左手には、山が迫っている。

相変わらず、曲線の多いところで、「くろしお8号」は、百キロ近いスピードをゆるめずに、カーブに突入して行く。

十津川も、席を立って、通路に出てみた。

カーブに入ると、足先が、大きく外側に放り出される感じになる。

カーブが連続すると、それが、右に左に、大きく振られる感じだった。スピードを落とさずに走れるのは素晴らしいが、船酔いに似た気分になってきた。

十津川は、船に乗って、時化《しけ》にあったことがある。

横揺れに悩まされて、すぐ、吐いてしまったが、それにまた、船の揺れに身体をまかせていると、酔わなくなったが、この振り子電車も同じらしい。無理に、まっすぐ立っていようとすると、酔ってしまう。

とにかく、床全体が、大きく、左右に揺られるので、曲線区間に入ったときに、通路を歩くのは大変である。

座席には、背のところに、手でつかむ把手《とって》がついているが、これがなければ、とうてい歩けないだろう。

どうにか、ドアのところまで行き、ドアののぞき窓から、隣りの車両を見ていると、亀井のいった意味が、よくわかった。

急カーブに入ると、こちらの車両が、立ち直っても、次の車両が、まだ傾いたままの時間がある。面白いといえば、面白いが、初めてだと、びっくりするだろう。

次の紀伊田辺に停車したときに、十津川は、車掌に、振り子電車の構造を聞いてみた。

親切な車掌で、メモ用紙に、図を描いて説明してくれた。

要するに、振り子電車の場合は、台車と、車体の間に、ローラーが入っていて、カーブに入ると、大きく、外側に放り出される。床面も、大きく傾くが、車体の重心も、大きく傾くから、脱線の心配はないという。

在来車両に比べて、車体が、台車の外にまで、大きくふらむので、構造的にぶつからないように、丸くカットしてあるし、在来車両に比べて、車高も低くしてある。天王寺で、亀井が、窓が低いといったのは、そのせいなのだ。

「スピードアップは結構ですが、初めて、この振り子電車に乗った人の中には、酔って、気分の悪くなる乗客もいるんじゃありませんか？」

十津川が、きくと、車掌は、困ったような顔をして、

「さほど揺れはないはずなんですが、確かに、初めての方の中には、気分が悪くなったとおっしゃる方がいますね。なれれば、何ともないと思うんですが」

と、いった。

崎田も、それだったのだ。

永江は、社長の川原から、崎田を消して、五千万円の金と、書類を取り戻せと、命令されていたのだろう。

永江は、農薬をカプセルに入れて、チャンスを窺《うかが》った。

あるいは、崎田が、八月二十日に、「くろしお」に乗るのを知って、農薬入りのカプセルを、用意したのかもしれない。

永江は、前に、「くろしお」に乗ったことがあって、初めて乗る乗客の中には、気分が悪くなる者がいるのを知っていた。それで、崎田と同じ「くろしお8号」のグリーン車に乗り込んで、チャンスを狙った。

永江の予想どおり、和歌山を出て、曲線区間が多くなってくると、崎田は、酔って、気分を悪くした。

チャンスである。白浜が近づくのを待って、永江は、崎田に、気分がよくなるからと、薬をすすめる。永江の顔を知らない崎田は、べつに、疑うこともなく、飲んでしまったのだろう。永江も、ただのカプセルを、自分で飲んで見せたのかもしれない。

永江は、そうしながら、崎田のボストンバッグと、古雑誌を詰めた同じルイ・ヴィトンのボストンバッグをすりかえた。

何も知らない崎田は、白浜で降り、昼食を食べに、駅前の食堂へ入ったとき、カプセルが溶け出したのだ。突然、苦痛が、彼を襲った。

そのときになって、毒を飲まされたと気がついたのだろう。だが、永江の名前を知らなかったし、「くろしお8号」を下り列車と思い込んでいたので、「下りのグリーン車の男」というダイイングメッセージを残して、死んだ。

「くろしお8号」の白浜着は、一二時〇四分。一方、池田章子の乗った「くろしお7号」の白浜着は、一二時〇五分である。

白浜温泉の旅館で、落ち合うとしか約束してなかった章子は、一分前に、崎田が、白浜に着いたのは知らず、そのまま、バスに乗って、白浜温泉に向かってしまった。

永江は、どうしたろうか？

「くろしお8号」も、白浜止まりではなく、新宮行きである。まんまと、ボストンバッグをすりかえ、毒入りのカプセルを飲ませることに成功した永江は、終点の新宮まで行ったろうか？

たぶん、そうはしなかったろう。一刻も早く、東京へ引き返したかったろうからである。

永江も、白浜で降り、四分後に下りの天王寺行き「くろしお7号」に乗ったに違いない。それが、もっとも早く、東京に帰る方法だからである。

十津川と、亀井の乗った「くろしお8号」も、定刻の一二時〇四分に、白浜に着いた。

11

改札口のところに、和歌山県警の長谷川警部が、迎えに来ていた。

十津川が、ダイイングメッセージの謎が解けたことを話すと、長谷川は、肯きながら聞き、

「それでは、犯人は、永江幸夫に決まりですね」

「そうです。池田章子は、シロですよ」

十津川がいった。

「その池田章子ですが――」

「どうしたんですか？」

「彼女が、白浜温泉の旅館から、姿を消してしまったんです」

「姿を消した――？」

十津川は、亀井と、顔を見合わせた。

「実は、われわれも、ホシは、池田章子ではなく、川原の指示を受けた永江ではないかという考えになってきていたので、彼女の監視は、ゆるめてしまったのです。逃げる心配より、崎田のあとを追って、自殺するのではないかと、その心配をしていたくらいです。その彼女が、旅館から、姿を消してしまったんです。目下、うちの刑事が、行方を追っていますが、まだ、見つかっていません」

「旅館の支払いをすませているんですか？」

「今朝早く、すませています」

「つまり、誰かに連れ去られたわけではなく、自分から姿を消したというわけですね？」

「そのとおりです」

「どこへ行ったか、全く、手掛かりなしですか？」

「残念ながら、今のところはありません」

「自殺すると、お考えですか？」

「それが、まず心配だったので、その辺の海岸をくまなく調べさせましたが、今までのところ、水死者は出ていませんね」

「カメさんは、どう思う？」

と、十津川は、亀井にきいた。

「自殺の線は、あまり考えられないんじゃないかと思います」

亀井は、考えながら、いった。

「なぜだい？」

「二十七歳という年齢もありますし、自殺するなら、崎田の死を知ったすぐあとに、したんじゃないでしょうか？」

「では、なぜ、突然、姿を消したと思うね？」

十津川が、きくと、亀井は、立ち止まって、じっと、考えていたが、

「殺された崎田ですが、彼は、社長の川原に追われることは、十分に知っていたはずです」

「そうだね」

「それなのに、あまりにも、無防備すぎたとは思いませんか？」

「そういえば、そうだな。崎田は、新中央興業の不正を証明する書類を持ち出しながら、簡単に、取り返されてしまっているからね」

「私だったら、五千万円は、自分で持っていますが、書類のほうは、誰かに預けて、万一、自分が殺されたときに備えますね」

「そうか。崎田も、そうしていたんじゃないかと、カメさんはいいたいんだろう？」

十津川がいうと、亀井は、ニヤリとした。

「その書類は、池田章子が持っていたと？」

長谷川が、じろりと、亀井を見た。

「そうです。そう考えるほうが、納得がいきます。ボストンバッグの中に、五千万円と、書類の両方を入れておくのは、どうぞ殺して下さいというようなものですからね」

「しかし、池田章子は、書類も、ボストンバッグの中にあったといっていたんだ」

「それは、たぶん、嘘ですね」

「彼女が、もし、持っていたとすると、今日の失踪《しっそう》と、何か関係があるのかな？」

「二つ考えられますね。新中央興業の川原も、ボストンバッグの中になかったら、池田章子が持っていると考えると思います。当然、彼女から、取りあげようとするでしょう。だから、一つは、川原たちが、彼女を連れ去ったという見方です」

「もう一つは？」

「逆に、池田章子が、その書類を使って、新中央興業を脅したという線です。崎田の仇《かたき》を取ろうとするのか、それとも、単に、金が欲しいだけなのか、わかりませんが」

「どちらにしろ、彼女の行く先は、東京だな」

と、十津川が、いった。

12

十津川と亀井は、すぐ、東京に引き返すことにした。

一二時〇八分白浜発の「くろしお7号」には乗れなかったが、一三時〇三分白浜始発の「くろしお9号」に乗ることが出来た。

和歌山までは、来たときと同じように、「くろしお9号」は、揺れたが、なれたせいか気分が悪くなることはなかった。

一五時〇七分に、天王寺着。

新大阪には、一五時三〇分に着けたので、一五時三四分発の「ひかり180号」に乗ることが出来た。

とにかく、あわただしい帰京である。

十津川は、「ひかり」の中から、東京に電話をかけた。

部下の西本と日下の二人の刑事に、池田章子のことを話した。

「新中央興業の川原に、会いに行ったものと思う。金をゆする気だろうが、川原がおとなしく払うとは思えない。彼女が危険だ」

「わかりました。川原の身辺を調べましょう」

「それに、永江の動きにも注意してくれ」

と、十津川は、いった。

東京に着いたのは、一八時四四分である。

陽が落ちて、東京の街には、ネオンがまたたき始めていた。警視庁に帰ると、西本と日下の二人の刑事は、今、田園調布《でんえんちょうふ》の川原邸に張り込んでいるという。

十津川と亀井も、すぐ、現場に、急行した。

すでに、午後八時を回っていた。田園調布の高級住宅街は、ひっそりと、静まり返っている。

物かげから、川原邸を監視している西本を見つけて、

「どんな具合だ？」

と、十津川はきいた。

「五、六分前に、永江が、あわただしくやって来ました」

「川原が、呼んだんだろう。池田章子が、電話してきたのに対する善後策の相談かもしれんな」

「私も、そう思います」

「彼女が、どんな電話をかけてきたかだが」

と、十津川は、いった。

動きが見えたのは、九時近くなってからである。

車庫の扉が開いて、白いベンツが、滑《すべ》るように出て来た。

運転席に一人、リア・シートに一人、合計二人の男が乗っている。

「川原と、永江が乗っています」

と、西本が、緊張した声でいった。

十津川たちも、覆面《ふくめん》パトカーで、ベンツのあとをつけることにした。

ベンツは、首都高速に入り、上野方面に向かった。九時を過ぎているので、さして、混雑はしていない。

「どこへ行く気ですかね？」

リア・シートに並んで腰を下ろしていた亀井が、きいた。

「わからんな」

と、十津川がいう。

ベンツは、高速を出た。

上野公園の不忍池《しのばずのいけ》の前へ行って、停まった。

リア・シートから、社長の川原一人が、鞄《かばん》を下げて、車から降りた。

弁天堂のほうへ歩いて行く。
五、六分すると、川原が、小柄な女と戻って来た。
（池田章子だ）

と、十津川は、思った。

女が、鞄を下げている。

道路に出たところで、川原は、女に背を向け、上野の駅に向かって、歩き出した。

女は、それをじっと見ていたが、ほっとしたように、鞄を持って、歩き出した。

そのときである。

十メートルほど離れた場所にとまっていたベンツが、猛烈な勢いで、彼女に向かって突進して行った。

「あッ」

と、亀井が叫び声をあげたときには、女の身体は、宙に舞いあがっていた。

「君たちは、あの車を追え。逃がすな!」

十津川は、運転席と助手席にいる西本と日下の二人に、大声でいってから、亀井と、車の外に飛び出した。

亀井は、駅に向かって川原を追いかけ、十津川は、道路に倒れている女の傍に駈け寄った。

血が、道路に流れ出していた。

池田章子は、ぴくりとも動かない。手首を握ってみたが、もう脈は打っていなかった。

心臓も、止まっている。それでも、十津川は、通りかかった男に、

「警察だ。救急車を呼んでくれ!」

と、怒鳴った。

男が、あわてて、公衆電話のあるほうへ駈けて行った。

倒れている章子の傍に、鞄と、ハンドバッグが転がっている。

鞄には、きっと札束が詰まっているのだろう。だが、いくら入っていても、死んでしま

っては、どうしようもないではないか。

ハンドバッグは、口があいて、緑色の紙片が顔をのぞかせている。

十津川は、何だろうと思った。ハンドバッグごと拾いあげた。

切符だった。

二三時〇〇分上野発青森行きの寝台特急「はくつる3号」の切符だった。

行く先は、八戸《はちのへ》になっている。

十津川は、白浜で殺された崎田の郷里が、東北だったことを思い出した。八戸だったのではあるまいか。

彼の郷里へ、章子が、何をしに行こうと思っていたのか、彼女が死んでしまった今になってはわからない。だが、十津川は、彼女が、崎田を愛していた証拠と考えたかった。

川原は、上野駅の構内に逃げ込んだところを、追いついた亀井に逮捕された。彼は、紙袋に入った書類を持っていた。新中央興業の不正輸出や、脱税の証拠となる書類である。

ベンツに乗った永江のほうは、百五十キロ近い猛スピードで逃げ回った。

日下が、無線で、周辺に非常線を張るように頼んだ。

パトカー十二台が動員された。

追いつめられた永江は、ベンツを、北千住《きたせんじゅ》の先で、道端のガードレールにぶつけ、ようやく、逮捕された。

二人の逮捕で、わかったことが、いくつかあった。

その一つは、崎田の行動である。白浜で死ぬ前日の八月十九日、崎田は、大阪で旅館に一泊していた。

新中央興業で、崎田のかつての部下だった男の実家である。新中央興業にいるとき、崎田が、ずいぶん面倒を見てやった男だった。

池田章子が、新宮の親戚のところで一泊するというので、崎田も、十九日はその男の旅館に泊まることにしたのだろう。

だが、その男は、崎田が来たことを新中央興業に知らせたのだ。二十日に、「くろしお8号」に乗るということも。

川原は、崎田が関西方面に逃げたらしいということで、永江を大阪に行かせていたが、すぐ、そのことを電話で知らせた。

だから、永江は、最初から、崎田が、二十日の「くろしお8号」に乗ることを知っていたのである。

崎田を裏切ったこの男は、おそらく、殺人幇助《ほうじょ》の疑いで逮捕されるだろう。

内房《うちぼう》線で出会った女

——さざなみ7号

1

山田豊《やまだゆたか》。二十七歳。エリートサラリーマンとはいえないかもしれないが、かといって、職場で落ちこぼれているわけではない。

S大の経済学部を出て、一流といわれるM商事に入社した。たぶん、三十歳までには、係長になれるだろう。

まだ、結婚はしていないが、独身を楽しんでいるともいえる。

同じ職場に、恋人もいるし、仕事に、これといった不満があるわけでもなかった。

だから、その日の自分の行動を、あとになってから、どう説明したらいいのか、山田はわからなくて、困ったものである。

千駄ヶ谷《せんだがや》にあるマンションを、いつものように、午前八時二十分に出たときは、もちろん、東京駅八重洲口にあるM商事本社へ出勤するつもりだった。

国鉄中央線を、東京駅で降りたときも、同じである。通勤するサラリーマンの列に身をゆだねて、改札口を出た。信号が青になるのを待って、大通りを渡る。あと、五、六分歩けば、会社である。

急に、気が変わったのは、そのときだった。ふいに、出社するのが嫌になったのだ。なぜだったのか、自分にもよくわからない。

だが、嫌になって、山田は、立ち止まり、次に、くるりと、東京駅に向かって、引き返した。

サラリーマンや、ＯＬの流れに逆《さか》らって歩くことに、山田は、奇妙な快感を覚えた。今日一日だけは、いつものルーティン・ワークから解放されるのだという気分があるせいだろうか。

マンションに帰るのもつまらない。映画を見るか、パチンコでもやろうかと思ったが、そんなことは、会社を休まなくても、退社後に出来ることである。

何か、気ままに、一日を過ごしたいと思った。

（行き当たりばったりの旅に出よう）

と、山田は、考えた。

と、いって、三日も、四日も、会社を無断欠勤する勇気はないのである。

今日一日だけ、日常性に反逆してみようと、カッコよく自分にいい聞かせた。

（おれに出来る反逆とか、冒険は、そんなことぐらいかな）

ちょっと、寂しい思いと、わくわくする楽しさが、山田の胸の中で、交錯した。

一日で、旅行できるところというと、限られてくる。

東京駅の構内のキヨスクで、ポケット版の時刻表を買った。

(海を見たいな)

と、思った。

逗子《ずし》や葉山《はやま》の海は、汚れてしまっているし、といって、伊豆《いず》は遠いし、温泉地へは、行きたくなかった。

それで、千葉、それも、南房総の海を見ようと思った。

九月も末で、夏の間、海水浴客で賑《にぎ》わった海も、今は、静かだろう。誰もいない海岸で、二時間でも、三時間でも、ぼけっと過ごしたい。それも、みんなが働いているときにである。

南房総へ行くには、東京駅から、内房線に乗ればいい。

山田は、館山《たてやま》までの特急券を買い、地下ホームから、午前九時三〇分発のL特急「さざなみ7号」に乗った。

ささやかな冒険の始まりだった。いや、正確にいえば、始まりのつもりであった。

2

「さざなみ」は、九両編成で、グリーン車が一両ついている。

昨日、給料を貰《もら》ったばかりで、ふところはあたたかかった。

少しは、ぜいたくな冒険にしたくて、車内で、グリーン車に乗りかえた。

うしろから二両目がグリーン車である。

ウイークデーのうえ、すでに、夏の季節も終わったせいか、グリーン車には、十二、三人の乗客しかいなかった。

山田は、真ん中あたりの席に腰を下ろした。

窓の外に、眼をやる。まだ、列車は、地下を走っている。

東京から両国《りょうごく》近くまでは、地下を走る。この辺りは、内房線ではなくて、総武《そうぶ》本線である。総武本線は、通勤、通学電車だから、その東京駅乗入れのために、地下ルートが、作られたのだ。

従って、内房線は、正式には、蘇我《そが》からである。

両国の手前で、列車は、地上へ出た。急に、眼かくしがとれたような感じで、山田は、いよいよ、旅に出るのだという気分になってきた。

隅田《すみだ》川の川底を、トンネルで、くぐってしまった。

錦糸町《きんしちょう》に着いた。

山の手に生まれた山田は、浅草《あさくさ》や、向島《むこうじま》、あるいは錦糸町という地名に、憧《あこが》れを持っていた。

ホームの様子も、そこにいる乗客たちの姿も、渋谷《しぶや》、新宿といった駅とは、どこか違うなと思っているうちに、一分間の停車で、「さざなみ7号」は、発車した。

荒《あら》川に続いて、江戸《えど》川の鉄橋を渡ると、もう千葉県である。

線路は、高架になって、スピードが加わってきた。窓から強い陽が射《さ》し込んできて、眩《まぶ》しい。レースのカーテンを引いた。

（今頃、係長が、山田君はどうしたんだと、みんなにきいているだろう）

と、思った。

何の連絡もせずに、会社を休んだのは、今日が、初めてだった。

（館山へ着いたら、頭痛か、腹痛で、寝ていると、係長に電話したほうが、いいだろうか？）

サラリーマンらしく、そんな弱気なことを考えているとき、山田の隣りに、誰かが、腰を下ろした。

3

グリーン車は、がらがらで、乗客は、ぽつん、ぽつんとしか座っていない。

切符の番号が、隣りのシートだとしても、空《あ》いている席はいくらでもあるのだから、ほかへ座ればいいではないか。

山田は、そう思って、眉《まゆ》をしかめて、相手を見たが、そこにいるのが、若い女と気がつくと、現金なもので、自然に、眼が笑ってしまった。
二十三、四といったところだろうか、黒い革のハーフコートを着ていて、日本人ばなれした彫《ほ》りの深い横顔を見せていた。
スカートから、長く出ている足の白さが眩しかった。

山田は、休暇をとって、ひとり旅に出たときや、あるいは、社用での出張のとき、隣りの席に若く美しい女性が座ればいいなと、よく思ったものだった。しかし、そんなことは、今までに、一度もなかった。隣りに来るのは、たいてい男で、それが、大いびきをかいて寝たりすると、旅の楽しさも半減してしまう。

いつも、期待は裏切られていたのだが、今日は、長年の夢が、かなったのである。

（しかし、ほかにいくらでも席があるのに、なぜ、おれの隣りに座ったんだろう？）

山田が、そんなことを考えたとき、女が、小声で、

「お願いです」

と、いった。

一瞬、聞きとれなくて、

「え？」

「親しそうにして。お願い」

と、今度は、はっきりと聞こえた。

わけがわからないままに、山田は、肯《うなず》いた。

「いいですよ」

車掌が、検札に入ってきた。

通路側に座っている女のほうが、先に切符を見せた。

「向こうに座ってたんですけど、この人がいたんで、こっちへ来たんです。かまわないでしょう？」

女が、車掌にいった。

車掌は、切符に鋏《はさみ》を入れながら、

「今日は、すいているからかまいませんよ」

「この人、お友だちなの」

女は、そんなことも、いった。

車掌が、行ってしまうと、女は、

「ありがとう」

「何が？」

「お友だちのふりをして下さったから」

「そんなことなら、おやすいご用ですよ」

「私は、田名部涼子《たなべりようこ》。あなたは？」

女は、微笑をこめて、山田を見た。

山田は、名刺入れから、名刺を一枚抜き出して、女に渡した。

「M商事の山田さん。大会社のエリート社員ですのね？」

「エリートかどうかは、わかりませんが」

「今日は、お休み？」

「休暇をとって、気ままなひとり旅というやつです。時々、骨休めをしないと、ストレスがたまりますからね」

山田は、気取っていった。

まもなく、千葉というとき、女は、急に、

「ちょっと、ごめんなさい」と、いって、席を立ち、通路を、出口のほうへ歩いて行った。

ハンドバッグを置いていったから、次の千葉で、降りるわけではないだろう。トイレにでも行ったらしいと思っていると、女が、戻ってきた。

列車が、千葉に着いた。

「助かったわ」

と田名部涼子と名乗った女は、大きな溜息をついた。

「どうしたんです？」

「今、見て来たら、あの男が、諦《あきら》めて、ここで降りる様子なの」

「あの男？」

山田がきくと、涼子は、レースのカーテンを押し開けて、ホームを見ていたが、

「あの男」

と、指さした。

　革ジャンパーを着た三十二、三歳の男が、ホームを歩いて行くのが見えた。

「革ジャンパーを着た男ですか？」

「ええ」

「どうしたんです？　あの男が」

「名前は、中井《なかい》というのですけど、私の家の近くに住んでいて、チンピラみたいな人。会うと、変な眼で見るんで、気持ちが悪いんです。今日、南房総へでも行ってみようかなと思って、東京駅から、この『さざなみ7号』に乗ったら、あの男も、乗ってるの。びっくりしちゃって、私が、男の人と一緒だったら、諦めて、帰ってくれるかと思って、あなたに、変なお願いをしたの。ごめんなさい。おかげで、あの男は、諦めて、降りてくれましたわ」

　涼子は、いっきに喋《しゃべ》った。

「さざなみ7号」は、千葉を発車した。

　千葉からは、内房線、外房《そとぼう》線、総武本線、成田線と、四つの線が出ていて、それぞれの線に、「さざなみ」「わかしお」「しおさい」「あやめ」と、四本のL特急が走っている。

「さざなみ7号」は、千葉を出ると、東京湾沿いに南下する。右手に、巨大なコンビナートが見え、製鉄所とか、石油精製工場などが、ぎっしりと並んでいる。

「このまま、隣りに座っていて、かまわないかしら？」

涼子が、きいた。

「かまいませんよ。僕も、ひとり旅より、あなたのような美人と一緒のほうが、楽しいですからね」

「私も。お礼に、何か買わせてね」

ちょうど、通りかかった車内販売を止め、涼子は、缶ビール二つと、おつまみを買った。

二人で、缶ビールをあけた。

「あなたの疫病神《やくびょうがみ》が退散したことに、乾杯しましょう」

と、山田は、いった。

何となく、浮き浮きしてくる。

「南房総って、どこまでいらっしゃるんですか？」

「一応、館山まで買ったんですけど、鴨川《かもがわ》シーワールドなんかも見たいわ。イルカって、好きなんです。行ってみません？」

「そうですね、鴨川シーワールドへ、一緒に行ってみましょうか」

「行って下さる？」

「もちろん。どうせ、今日は、気ままな旅なんですから」

4

東京を出て、一時間ほどで、木更津《きさらづ》に着いた。

あとは、大貫《おおぬき》、佐貫町《さぬきまち》、浜金谷《はまかなや》、安房勝山《あわかつやま》、岩井《いわい》、富浦《とみうら》と、停車していき、館山に着いたのは、一一時三一分である。

「さざなみ7号」は、ここが、終着である。

館山からは、一二時四一分の安房鴨川行きの普通電車がある。

二人は、この電車に乗ることにして、いったん、改札口を出た。

クリーム色に塗られた駅を出ると、ロータリーが見え、白浜、千倉《ちくら》、鴨川などへ行くバスの停留所がある。

夏の海水浴シーズンには、この駅前は、人であふれるのだろうが、今日は、静かである。

二人は、駅前の食堂で、昼食をとった。

山田は、心が浮き立って、会社へ電話を入れることなど、すっかり忘れてしまった。

「失礼だけど、モデルか何かやってるの？」

と、山田は、食事をしながら、涼子にきいた。

涼子は、笑って、

「なぜ？」

「スタイルが、抜群だから」

「お世辞でも、そういって下さると嬉《うれ》しいけれど、私は、平凡なＯＬ」

「じゃあ、ここへは、僕と同じ息抜きに来たわけだね？　さっきも、そんなことをいってたみたいだけど」

「ええ。ちょっとした日常性への反逆かしら」

「僕も全く同じことを考えていたんだ」

そのあとは、他愛《たわい》ない話が、続いた。他愛ないだけに、こんな旅先では、楽しみともいえた。

血液型とか、星座のこととかである。女というのは、こういう話が好きなのだろう。涼子も、熱心だった。

昼食をすませてから、駅に戻った。

一二時四二分に、二人は、安房鴨川行きの普通電車で、出発した。

東京湾側の館山から、太平洋岸の千倉へ抜け、今度は、太平洋沿いに、北へ向かう。

安房鴨川に着いたのは、一三時二五分である。

ホームが二つしかない小さい駅だが、鴨川シーワールド、鴨川松島《まつしま》、仁右衛門島《にえもん》、太海《ふとみ》フラワーセンター、曽呂《そろ》温泉など、観光地が控《ひか》えているせいか、シーズン・オフにも拘《かかわ》らず、山田たちと一緒に降りて来た乗客は、かなりの人数だった。

駅前からは、鴨川シーワールド行きのバスが出ている。

山田たちが乗ると、すぐ発車した。

「東京とは、空気が違うみたい」

窓から入ってくる風を、吸い込むようにしながら、涼子は、嬉しそうにいった。確かに、空の青さも、東京とは、違う感じがする。

数分で、鴨川シーワールドに着いた。

千三百円の入園料を払って、二人は、中に入った。

ちょうど、イルカのショーが始まるというので、山田と、涼子は、イルカの泳ぐプールのほうへ歩いて行った。

山田は、テレビで、何回か、このシーワールドのイルカのショーを見ていたが、実物を見るのは、初めてだった。

観客席に、並んで腰を下ろし、アイスクリームをなめながら、見物した。

イルカの勇壮なジャンプや、輪くぐりなどを見物しているうちに、涼子が、すっと、立ち上がった。

(トイレらしい)

と、思い、山田は、そのまま、見物していた。

イルカのショーは、次々に続けられていくが、涼子は、なかなか、戻ってこない。

電車の中で聞いた男のことが、急に心配になって、山田は、トイレのあるほうへ駈け出した。

しかし、涼子の姿は、見当たらなかった。あわてて、観客席へ戻ってみたが、ここにも、涼子の姿はなかった。更に、十二、三分待ってみたが、戻ってこない。

山田は、不安が大きくなってくるのを感じた。

千葉駅で見た革ジャンパーの男が、あのまま、おとなしく引き返したのではなくて、追っかけて来たのではあるまいか。

山田は、園内の案内所に行って、

「一緒に来た女性が、いなくなってしまったんだが、探してくれませんか」

と、頼んでみた。

ユニフォーム姿の女子従業員は、

「どんな人でしょうか？」

「年齢は二十三、四で、身長は、一六五センチくらい。黒の革のハーフコートを着ているんです。色の白い美人です」

「その方の名前が、わかります？」

「田名部涼子さんです」

「失礼ですけど、あなたのお名前は、何とおっしゃるんでしょうか？」

「僕の名前もいわなければ、いけないんですか？」

「はい。規則ですから」

「山田豊です。すぐ、彼女を探して下さい」

「ちょっと、お待ち下さい」

小柄な女子従業員は、山田を待たせておいて、奥へ消えた。

山田が、いらいらしながら待っていると、今度は、奥から、二人の男が出て来た。

「山田豊さんですね？」

と、片方の男が、きいた。

「ええ。そうですが――？」

「M商事にお勤めですね?」

「ええ。まあ」

と、あいまいに返事をしながら、山田は、眼の前の男たちが、なぜ、そんなことをきくのか、わからなかった。

不快だった。

自然に、眉を寄せて、

「彼女を、探してくれるんですね?」

「田名部涼子さんは、もう見つかっています」

「それなら、いいんです。すぐ、会わせて下さい」

「じゃあ、奥へ入って下さい」

二人の男は、両側から、山田の身体を挟《はさ》むようにして、奥へ連れて行った。

奥は、詰所みたいになっていて、テーブルと、椅子が、置いてあった。

だが、涼子の姿はなかった。

「まあ、座って下さい」

と、片方の男が、いった。

「しかし、彼女は、どこにいるんですか?」

山田は、きょろきょろと、部屋の中を見回した。

「彼女は、死んだよ。正確にいえば、殺されたんだ」

「そんな馬鹿な、さっきまで、僕と一緒にいたんですよ」

「だから、君を、ここに呼んだんだ。彼女と、どんな関係なんだね？」

「関係？　そんなものは、ありませんよ」

山田がいうと、背の高いほうが、急に、怖い眼つきになって、

「関係のない人間が、どうして、田名部涼子を探してるんだ？」

「そんなことは、僕の勝手でしょう。第一、あなた方は、何なんですか？　人に質問するなら、まず、自分の名前をいうのが礼儀じゃありませんか？」

山田は、開き直って、二人の男に、食ってかかった。

二人の男は、顔を見合わせていたが、背の低い、太ったほうが、ニヤッと笑った。

「確かに、そのとおりだ。じゃあ、自己紹介しておこう。おれは、千葉県警捜査一課の中《なか》西《にし》だ。こちらは鈴木《すずき》だ」

そういって、警察手帳を見せた。

「刑事さんですか」

「これで、質問に答えられるだろう。田名部涼子とは、どんな関係なんだ？」

「東京からの『さざなみ7号』の車内で一緒になったんです。それだけですよ」

「ただ、それだけの関係かね？」

「そうですよ」

「名刺を渡したか？」

「名刺？　ああ、渡しましたよ。彼女が、隣りの席に腰を下ろして、どこに勤めているのかと聞くので、名刺を渡したんです。田名部涼子という名前も、そのとき、聞きました」

「この名刺か？」

中西刑事は、丸い、男にしては、ぽっちゃりした手で、名刺を、取り出して、机の上に置いた。

間違いなく、山田の名刺だった。作ったばかりで、今日、最初の一枚を、田名部涼子に渡したのだ。

「殺された田名部涼子のハンドバッグの中に入っていたんだ」

「そうですか。しかし、僕は、犯人じゃありませんよ。今日、『さざなみ7号』の中で、初めて会った女を、どうして、殺すんですか？」

「理由は、いくらでもあるさ。女が美人なんで、変な気を起こしたが、手ひどく拒否されたんで、くびを絞めて殺した。よくある話だ」

「僕は、そんな真似はしませんよ。これでも、M商事の社員ですからね」

「ああ、名刺に書いてあるな。しかしなあ。今は、大会社のエリートサラリーマンが、平気で、人殺しをする時代なんだ。田名部涼子が殺され、彼女のハンドバッグに、君の名刺が入っていた。それだけでも、君には、不利だな」

「殺してなんか、いませんよ。明日は、会社に出なければならないんです。帰してもらえませんか」

「今日は、ウイークデーなのに、なぜ、休んで、ここに来たんだ？」

「年次休暇をとって、遊びに来たんですよ。ふらりと、海を見たくなりましてね」

「ふらりとね」

「田名部涼子という名前は聞きましたが、そのほかのことは、何も知らないんですよ」

「そんなことは、無実の証拠にはならん。相手の名前も知らなくても、女だというだけで、襲って、殺す男もいるんだ」

「僕は、そんな男じゃない」

「とにかく、仏さんを見せてやる。そうすれば、気が変わるかもしれんからね」

背の高い、鈴木刑事がいい、山田は、案内所の建物から、連れ出された。

連れて行かれたのは、鴨川シーワールド内の倉庫だった。

人の気配のない倉庫の奥に、ロープが張られていて、警官が二人、立っているのが見えた。

ロープをくぐって入ると、山積みされたダンボール箱のかげに、毛布をかぶせた死体があった。

中西刑事が、毛布をとった。

「よく見ろ。君が殺した田名部涼子だ」

「――――」

山田は、黙って、そこに横たわっている女の死体を見つめた。

黒いハーフコートに、見覚えがある。短めのスカートから突き出している恰好のいい足にも、見覚えがある。

だが、顔は――。

「違う！」

と、思わず、山田は、叫んでいた。

「違いますよ。これは」

「何が違うんだ？」

中西刑事が、眉をひそめて、山田を見つめた。

「何がって、これは、田名部涼子さんじゃありませんよ。全くの別人です」

「よく見ろ！」

鈴木刑事が、怒鳴った。

「よく見てますよ」

山田は、くびを絞められて殺されている女の顔を、見つめた。絞殺された人間の顔は、鬱血《うっけつ》し、むくむので、別人のように変わってしまうといわれるが、それを考えても、この女は、別人だった。「さざなみ7号」の車中で会った女とは違う。

「これは、田名部涼子さんじゃありませんよ」

「何をいってるんだ。ここに、運転免許証がある。ハンドバッグに入っていたんだ。よく見ろ、田名部涼子と書いてある」

中西刑事は、免許証を、山田に、突きつけた。

確かに、東京の住所と、田名部涼子の名前が、印刷されていた。そこに貼《は》りつけてある写真は、下に横たわっている死体と同じ顔だった。

「どうだ？」

と、刑事がきいた。

「確かに、田名部涼子と書いてありますが、僕が、列車の中で会った田名部涼子とは、別人ですよ」

5

山田は、警察に連れて行かれた。

食事を出してくれたが、山田は、時間ばかりが、気になった。

サラリーマンの哀しさで、会社のことが、気になって仕方がなかった。今日は、無断欠勤してしまった。

明日は、どんなことをしても、会社に出なければならない。

出された丼《どんぶり》物《もの》には、ほとんど手をつけず、

「早く帰してくれませんかね」

と、刑事にいった。

「明日は、いつものように、出勤しなければならないんです」

「M商事に、電話をかけて、きいてみたよ」

中西刑事は、難しい顔でいった。

「じゃあ、僕が、M商事の社員だということは、確証がとれたんでしょう？」

「それは、確認したがね。君は、われわれに嘘をついたね。君は、休暇をとって、ここへ遊びに来たといったが、会社のほうでは、無断欠勤だといっている。なぜ、こんな嘘をついたんだ？」

「それはですね――」

山田は、当惑してしまった。会社の前まで行って、急に、嫌になって、引き返したことを、どう説明したらいいのか、わからなくなってしまったのだ。

べつに、会社そのものが、嫌になったわけではない。

その瞬間だけ、いつもと同じことをするのが嫌で、ふらりと、「さざなみ7号」に乗ってしまったのである。

行く先は、どこでもよかったのだ。列車だって、「さざなみ」でなければならないことはなかった。明日が休日だったら、もっと遠くへ行ったろう。

こんなことを、説明したら、どうなるだろうか？

「どうなんだ？　田名部涼子を、誘い出して殺すために、会社を休んだんじゃないのか？」

中西刑事が、きいた。

「とんでもない。僕は、死んでいる女の人は、ぜんぜん、知りませんよ。初めて見る女です」

「しかし、田名部涼子を知っているといったじゃないか。『さざなみ7号』の中で知り合って、鴨川シーワールドへ一緒に来たといったろう？」

「それは、だから、別の田名部涼子です」

「信用できないね。会社に休暇をとって来たというのも嘘だったからな。田名部涼子という姓名も、そんなに、ざらにある名前じゃない。しかも、同じ日に、同じ名の女が、鴨川シーワールドに来るかね？」

「でも、僕が一緒だった田名部涼子は、別人だったんです」

「君が、やったことは、わかっている。会社がつまらなくなって、無断欠勤して、千葉へやって来た。途中の列車の中で、若い女に会った。なかなか美人なので、何とか、ものにしてやろうと考え、M商事の肩書のついた名刺を渡し、相手の名前を聞き出した。鴨川シーワールドに入ってから、あの倉庫の奥に連れ込んだ。あそこは、人が、めったに来ないからな。M商事のエリートサラリーマンの自分に、女が参っていると思いこみ、抱こうとした。が、女のほうは、それを拒《こば》んだ。君としてみれば、自尊心が傷つけられたわけだ。カッとして、女のくびを絞めて殺したんだ。そのあと、逃げたが、本当に死んだかどうか不安になってきた。そこで、案内所へやって来て、連れの女がいなくなってしまったが、探してくれと申し出たのさ。自分は、殺人とは全く関係ないという振りをしてだよ。だが、名刺を渡してあったのが、まずかった」

「違いますよ。僕は、殺したりなんかしていませんよ」

山田は、必死にいった。が、中西と、鈴木の二人の刑事は、ますます、冷たい表情になっていった。

「左の袖口《そでぐち》のボタンが一つ取れているね」

中西刑事が、じろりと見て、いった。

「袖？」

山田は、あわてて、上衣《うわぎ》の袖に眼をやった。

袖口に、ボタンが三ついているのだが、左袖は、一番下のが取れてしまっている。

「取れて、落ちたんです」

「そうかね」

鈴木刑事が、ポリ袋に入ったボタンを持ち出した。

「同じものだぞ」

と、鈴木が、いった。

確かに、山田の背広についているボタンと同じだった。

「これはな。殺された田名部涼子が、右手に握っていたんだ。くびを絞められたとき、彼女は、必死になって、君の袖口をつかみ、ボタンを引きちぎったんだ。君のほうは、夢中で気がつかなかったんだろうがね」

中西が、極《き》めつけるいい方をした。

(あの女だ)

と、山田は、思った。

「さざなみ7号」の車内で、隣りに腰を下ろしてきた女だ。

田名部涼子と名乗り、親しそうに見せてくれといって、身体を押しつけてきた。

美人なので、いい気分になって、いうとおりにしていたが、あのときに、袖口のボタンを引きちぎられたのだろう。女が、彼の左側に座っていたからだ。

「これで、状況は、君に不利になるばかりだな」

と、鈴木刑事がいう。

「僕は、だまされたんです」

山田が、いうと、中西刑事は、ニヤッと笑った。

「今度は、だまされたか。誰にだまされたというんだ?」

「女にです。『さざなみ7号』の中で、田名部涼子と名乗って、近づいて来た女にですよ。

僕の上衣のボタンも、その女が、引きちぎったに決まっています。僕を、ここへ誘っておいて、本物の田名部涼子を殺し、手に、僕のボタンを持たせ、ハンドバッグに、僕の名刺を、入れておいたんですよ。それしか考えられませんよ」

「まるで、夢物語だな」

「信じてくれないんですか？」

「誰が、そんな話を信じられるんだ？　助かりたいための嘘に決まっている」

6

「電話させてくれませんか？」

と、山田は、いった。

「どこへ電話するんだ？」

「弁護士に、電話したいんです。いや、弁護士見習いの友人に電話したいんです」

山田が、頼むと、二人の刑事は、顔を見合わせていたが、

「いいだろう」

と、いってくれた。

山田の大学時代の友人に、東京の法律事務所で働いている男がいた。まだ、弁護士の資格は持っていないが、頭の切れる奴だった。

山田は、その友人のいる法律事務所のダイヤルを回し、君島由紀夫《きみじまゆきお》を呼んでもらった。

「山田だ。助けてくれ」

と、いった。

電話の向こうで、君島が、笑うのがわかった。

「いったい、どうしたんだ？」

「笑いごとじゃないんだ。人殺しの容疑で、千葉の鴨川で、警察に捕まっている。助けてくれよ」

「冗談じゃないみたいだな」

「冗談で、こんな電話をかけられるか。すぐ来てくれよ。この電話も、警察からかけているんだ」

「わかった。僕でよければ、行ってやるよ」

と、君島は、いってくれた。

君島が、着いたのは、午後六時を過ぎてからである。

「僕は、うちの先生の代理ということで来た。そうでないと、君に会わせてくれないからね」

と、君島は、落ち着いた声でいった。

大学時代も、妙に老成したところのある男だったが、今日見ると、いっそう貫禄《かんろく》が出てきたようだった。

「何でもいいから、助けてくれよ」

「じゃあ、正直に、今日のことを話してくれればいい」

君島にいわれて、山田は、朝からの出来事を、話した。

君島は、メモを取りながら、聞いていたが、

「午前九時三〇分東京発の『さざなみ7号』に乗ったんだな？」

「そうだ」

「そして、田名部涼子と名乗る女が、横に腰かけて来て、彼女に、名刺を渡した？」

「ああ」

「千葉駅で、革ジャンパー姿の男が降りて行き、あの男に追いかけられていたんだと、君にいった」

「そうだが、それだって、でたらめかもしれない。今になってみると、すべて、嘘だからな」

「館山着が、一一時三一分。それから、鴨川シーワールドに行くことになったんだね？」

「ああ。それで、館山駅前の食堂で、昼食をとったんだ。食事をすませてから、一二時四二分発の普通電車に乗った。それが、一番早い電車だったからだよ。ええと、安房鴨川に着いたのは、何時だったかな？」

「時刻表によれば、一三時二五分着になっているよ」

「それなら、一三時二五分に着いたんだ。電車は、おくれなかったからね。駅前のバスで鴨川シーワールドに行った。バスで、五、六分だ」

「じゃあ、一三時四〇分には、シーワールドに入ったとみていいんだな？」

「ああ。でも、そんなことが、大事なのか？」

「君の行動は、はっきりさせておく必要があるんだよ」

「とにかく、あの女に、だまされたんだ」

「いくら、大声でいっても、証明できなければ、何の力にもならないよ。それで、館山の食堂で、昼食をとったのは、事実だね？」

「ああ、本当さ」

「店の名前は？」

「覚えてないな。あんまり大きくない店だよ。店の中に白いスピッツがいたのを覚えてる」

「彼女は、そこで、何を食べたんだ？」

「そんなことが、大事なのか？」

「どんなことでも、知っておく必要があるんだ」

「ラーメンが好きだといって、五目そばを食べたよ。おれは――」

「君の食べたものは、必要ないよ。鴨川シーワールドの中で死んでいた女は、全く、知らない顔なんだな？」

「ああ、一度も会ったことがないよ」

「君が会った田名部涼子と、顔は似ていたかい？」

「いや、似ていなかった」

「背恰好はどうだ？」

「そうだな。背恰好は似ていたね。それから着ているものが、同じだった。黒い革のハーフコートに、白と黒のチェックのスカートをはいていた。あれは、人工皮革だよ」

「全く同じものかい？」

「と思うよ。おれは同じものを着ているなと思ったんだ」

「だいたいのことは、わかった」

「助けてくれるんだろう？　おれは人を殺してなんかいないんだ」

「君が、だまされたと証明されれば、釈放されるよ。もう一度、確認しておくが、君は、殺してないんだろうな？」

「ああ、絶対、やってないよ」

7

千葉県警では、被害者田名部涼子の遺体を解剖に回すと共に、彼女のことを調べることにして、捜査員の一人が、東京に飛んだ。

山田は、その日、留置され、君島も、現地の旅館に、泊まった。

テレビや、夕刊で、鴨川シーワールドでの殺人事件が、大きく報道されたが、まだ、山田の名前は出ていなかった。

もし、山田のことが、公表されれば、「エリート社員の殺人」と、書き立てられることだろう。

君島は、翌朝、旅館で、朝食をすませたあと、警察へ出かけて行った。

「どんな状況ですか？」

中西刑事にきくと、

「さっさと、東京へ帰ったほうがいいんじゃないのか」

と、いわれた。

「ますます、山田にとって、不利ということですか？」

「そうだ。あの男は、嘘ばかりついているからな」

「僕には、嘘をついているようには見えませんが」

「それは、友人の身びいきというものだよ。助かりたいから、どんな嘘でもつく」

「それを聞かせて下さい。山田は、どんな嘘をついているんですか？」

「奴は、鴨川シーワールドに着いたばかりだから、倉庫の奥で、田名部涼子を殺す時間はなかったといった」

「僕も、そう思いますよ」

「だが、嘘なんだ。彼女が殺されたのは、午後一時だからだよ」

「午後一時？　どうして、午後一時とわかるんですか？　解剖しても、死亡推定時刻の幅は、一時間ぐらいにしかせばめられないんじゃありませんか？」

「午後一時に、倉庫のほうで、若い女の悲鳴を聞いたという人間がいるんだ。あの鴨川シーワールドの従業員でね」

「死体が発見されたのも、その時だったんですか？」

「その従業員は、倉庫のほうを、のぞいてみたが、死体が、奥のほうにあったので、最初はわからなかったんだが、やはり、気になって、同僚と一緒に、もう一度、奥まで調べて発見した。それが、一時十二、三分だったといっている。われわれが、知らせを受けて、鴨川シーワールドに着いたのは、一時二十分だ。それなのに、あの男は、一時三十分過ぎに、女と鴨川シーワールドに着いたと嘘をついている」

「しかし、刑事さん。山田は、『さざなみ7号』で、館山に着き、館山から普通電車で、安房鴨川に来たんです。『さざなみ7号』の館山着が、一一時三一分。館山から安房鴨川行きの電車は、一二時四二分にしか出ないんです。この電車の安房鴨川着が、一三時二五分ですよ。駅から、シーワールドまでは、バスで、五分かかります。午後一時三十分過ぎというのは、正しいんじゃありませんか？」

「それが、嘘だといっているんだよ。奴は、一時前に、女と一緒に、鴨川シーワールドに入り、倉庫の奥で、殺したんだ。われわれは、ハンドバッグに入っていた名刺と、被害者の手に握られていた背広のボタンから、この山田という男が犯人ではないかと思っていた。犯人の習性として、また、現場を見にくるのではないか、本当に、死んだかどうか不安になって、確かめにくるに違いないと考えて、張っていたら、まんまと、引っ掛かったというわけだよ。たぶん、奴は、倉庫の奥で、女を殺したあと、いったん逃げたが、心配になったんだろう。死んだかどうかがね。息を吹き返したら、たちまち、自分が犯人だとわかってしまう。そこで、もう一度、シーワールドに入って、案内所へ行き、連れの女が行方不明になったので、探してくれといった。そういえば、果たして、死んだかどうか、わかると思ったんだろう」

そういって、中西刑事は、ニヤッと笑った。

傍にいた鈴木刑事は、

「奴は、墓穴《ぼけつ》を掘ったのさ」

「しかし、山田が、午後一時に、鴨川シーワールドに入れないと証明されれば、彼は、無実になるわけでしょう?」

8

「そんなことがあるはずがないさ」

中西刑事は、断定した。

「なぜですか?　山田自身は、一時三十分過ぎに、鴨川シーワールドに着いたといっているんです」

「嘘だよ。被害者は、奴から貰った名刺を持ち、奴の上衣のボタンを引きちぎって、手に握っていたんだ。その名刺は、作ったばかりで、最初の一枚を、彼女に渡したといってるんだ。東京から、千葉へ来る列車の中でだよ。それなのに、女が一時に、鴨川シーワールドで殺されているのに、奴が、なぜ、一時三十分でなければ、来られないんだ？」

「山田は、殺された女性にではなく、田名部涼子と名乗る女に、名刺を渡し、背広のボタンを引きちぎられたといっています」

「奴は、われわれにも、そういってるさ。その女と、一時三十分過ぎに、鴨川シーワールドに入ったというんだ。そして、その女が、死体のハンドバッグに、奴の名刺を入れ、死体の手に、ボタンを握らせておいたんだといっている」

「僕も、そう思いますね」

「君も、頭が悪いね。田名部涼子は、一時に死んでいるんだよ」

「正確にいえば、一時に、若い女の悲鳴を聞いたということでしょう？」

と、君島は、訂正した。

中西刑事は、笑った。

「重箱の隅を突つくようなことは、いいなさんな。確かに、午後一時には、悲鳴を聞いただけだが、一時十二、三分には、従業員が、死体を発見しているし、一時二十分には、われわれ警察が、死体を見ているんだ。少なくとも、一時十三分には、田名部涼子は、死んでいたんだ。一時三十分過ぎに、鴨川シーワールドに入った女が、どうして、十七分も前に、ハンドバッグに名刺を入れたり、手にボタンを握らせたりすることが出来るんだ？　そうだろう？　この一つをとっただけでも、奴のいうことが、でたらめだとわかるだろう？」

中西刑事が、極《き》めつけるようにいい、鈴木刑事も、

「あんな男の弁護なんか、引き受けなさんな」

と、忠告口調で、いった。

中西刑事の指摘は、急所を突いていた。

君島は、友人の言葉を信じたいと思っている。山田が、人を殺せる男だとは思わないし、自分に、嘘をついているとも、思わなかった。

山田が、午後一時三十分過ぎに、鴨川シーワールドに入ったというのなら、そのとおりだと思う。

しかし、中西刑事のいうように、それでは、理屈が合わなくなってしまうのだ。

山田も、君島も、田名部涼子の名前をかたった女が、名刺と、ボタンを、死体のハンド

バッグに入れ、手に握らせ、山田を犯人に仕立てあげたと考えている。

だが、それが、物理的に不可能だとなると、どうなるのだろうか？

その日、山田の拘置延長が決まった。明らかに、彼を、犯人と考えているのだ。

翌日、君島は、二度目の面会をした。

「どうも、君には、不利になってきている」

と、君島はいい、中西刑事から聞いた話を伝えた。

山田は、怒った。

「おれの話より、警察のいうことを信じるのか？」

「そんなことはいってない。ただ、警察のいうように、君と一緒にいた女が、名刺や、ボタンを、死人にもたせることは、物理的に不可能だということだよ。この謎をうまく解けないと、君の無実は、証明できない」

「おれは、女と一緒に、一時三十分過ぎに、鴨川シーワールドに着いたんだ」

「それを証明しなければならない」

「じゃあ、何とかして、証明してくれ。今日も、会社を、無断欠勤したことになってしまってるんだ。一刻も早く、東京へ帰らないと、馘《くび》になってしまう」

山田は、いらいらした顔でいう。

君島は、苦笑した。

「どうも、エリートサラリーマンの考えることは、常識外れだな。今は、会社が馘になるかどうかということより、殺人犯人にされるかどうかなんだぞ」

「そんなことは、わかってる。どっちも、心配なんだ。きっと、犯人は、前から、おれを罠《わな》にかける気で、用意していたんだ」

「それは違うよ。一昨日、君は、会社へ出るつもりだったんだろう?」

「そうだ。会社の前へ行ったら、急に、出社するのが嫌になったんだ。それで、ふらりと、南房総へ行く列車に乗ってしまったんだ」

「南房総でなくても、よかったんだろう?」

「そうだ」

「そうだとすれば、君が、一昨日、『さざなみ7号』に乗ったのも、偶然で、気まぐれだったことになる。君の気まぐれを、当てにして、犯人は、計画を立てたというのかい?」

君島がいうと、山田は、当惑した顔で、頭をかきむしった。

「一つだけ、君に有利なことがある」

「何だ?」

「解剖の結果、被害者はラーメンを食べていたことがわかったが、五目そばではなかった。君が罠にかかった可能性が出たんだが、無実にできるほど強いものじゃない」

山田は、しばらく、黙って、考え込んでいたが、

「館山の駅前の食堂へ行って来てくれ。あそこの店員が、おれと、女のことを、覚えていてくれるかもしれない。店を出て行った時間も覚えていてくれれば、おれが、一時三十分過ぎにしか、鴨川シーワールドへ行けないことが、証明されるかもしれない」

「行ってくるが、あまり、期待するなよ。店員というのは、よほど変わった客じゃなければ覚えていないものだからね」

それだけ、念を押しておいて、君島は、館山駅へ出かけた。

駅前には、何軒も、食堂や、レストランがある。

その一軒一軒に、入ってみた。山田によれば、白いスピッツがいた店だという。

三軒目の食堂に、白いスピッツがいた。

少し早かったが、昼食を頼んでから、ウェイトレスに、山田の写真を見せた。

「一昨日の昼近くに、この男が、黒のハーフコートを着た女と、食事をしに来たんだが、覚えていないかね？　男は、ライスカレーを注文し、女は、五目そばを食べたはずなんだ」

「一昨日ですか？」
十八、九に見えるウェイトレスは、頼りない感じで、考え込んだ。

「覚えてないかね？」

「来たような気もするし、わからないなあ」

「大事なことなんだ。女のほうは、かなり目立ったと思うんだ、本当に覚えていないかね？　背が高くて、美人で、黒の人工皮革のハーフコートを着ていたんだ。思い出してくれないかね？」

「そうね。ああ、そういう女の人を、見たような気がするわ」

「本当かね？」

「ええ。モデルみたいな人だったから覚えているわ。でも、十二時じゃなかったわ」

「何時頃に来たんだ？」

「十一時前だったわ。お昼頃になると、うちは、すごく混むんだけど、あの女の人が来たときは、十一時前だったから、すいていたの。だから、覚えてるのよ」

「それ、間違いないね？」

「ええ」

「そのとき、彼女は、一人だったのかな？」

「いいえ、男の人と一緒だった。でも、どんな人だったか、覚えてないわ」

店の主人にも、きいてみたが、同じだった。

ほうは、よく見ていなかったという。それだけ、女が目立ったということでもあるのだろう。

十一時前に、背の高い、黒のハーフコートを着た女が、男と一緒に食事に来たが、男の

君島は、時刻表を広げてみた。

「さざなみ7号」の館山着は、一一時三一分だから、もし、この列車に乗って来たとすれば、この食堂には、当然、十一時前には入れない。

この食堂で、十一時前に食事をしたということは、「さざなみ3号」で、館山に来たことになる。この列車の館山着は、九時三四分だからである。

食堂の店主や、ウェイトレスの証言は、山田にとって、不利だと、君島は、思った。

警察は、「さざなみ3号」でやって来て、館山で食事を取り、それから、鴨川シーワールドへ来たと極めつけるだろう。

九時三四分館山着だとすると、どうなるか。

駅前でお茶を飲んだり、食事をする時間が二時間以上もある。

館山から一一時三五分発の普通電車があり、これに乗ると、安房鴨川に、一二時一六分に着ける。

田名部涼子は、午後一時から十三分の間に、鴨川シーワールドの倉庫の奥で殺されたと

いわれるが、それに、ゆっくり間に合うのである。

犯人は、殺しておいてから、いったん、逃げたが、本当に、死んだかどうかが心配になって、戻って来て、案内所で、様子をきいた。それが、山田だというのが、警察の考え方だろう。

今のところ、残念だが、その推理のほうが、山田の話より、説得力がある。

9

君島は、考え込んでしまった。

友人として、山田の言葉を信じたい。しかし、信じる以上、それを証明しなければならないのである。

山田は、「さざなみ7号」で、館山に着いて、あの食堂へ行ったといっている。

「さざなみ7号」の館山着は、一一時三一分だから、食堂へ入ったのは、十一時四十分頃だろう。

間もなく十二時だから、食堂は、混んでいたに違いない。店の主人や、ウェイトレスが、山田と、女のことを覚えていないのは、そのためだろう。

だが、そうだとしても、鴨川シーワールドの倉庫内で殺されていた女が、山田の名刺と、ボタンを持っていたことは、どう証明すれば、いいのか。

(うまくないな)

と、思った。

警察に戻った君島は、中西刑事に、殺された田名部涼子のことを、聞いてみた。

「どういう女性か、わかったんですか?」

「それを聞いて、どうするんだね?」

中西刑事は、変な顔をした。

「被害者が、どんな人間かわからないと、殺人の動機が、わからんでしょう?」

「今度の事件には、それは、必要ないだろう。山田自身、女には、偶然、列車の中で会っただけだといってるんだ。いい女だったんで、助平心を起こして、鴨川シーワールドに誘って来て、倉庫の奥で、抱こうとしたら、抵抗されたんで、カッとして、殺してしまったんだ。山田にとっては、いい女でさえあれば、どこの誰でも、よかったんだろう」

「山田が犯人としたらでしょう。僕としては、彼が犯人ではないとして、動いているわけですから、被害者が、どんな女かは、やはり気になりますよ」

君島は、食いさがった。

中西は、面倒くさそうに、手帳を広げて、

「東京に、ひとりで住んでいる女で、職業はモデルだ。実家は、勝浦で、大変な資産家だよ」

「スタイルがいいと思ったら、モデルだったんですか」

「あまり有名じゃないモデルだったらしいがね」

「勝浦の実家には、今、誰がいるんですか？」

「父親がいる。母親は、二年前に変死して、父親も、身体が弱いので、彼女に、東京から帰ってもらいたがっていたようだよ」

「大変な資産家だといいましたね？　どのくらいの資産があるんですか？」

「わからないが、勝浦のヨットハーバーや、ホテルも、田名部涼子の父親の所有になっている。まあ、億単位であることは確かだね」

「じゃあ、十分に、殺人の動機になりますね」

「それは、山田豊という犯人がいなければの話だよ」

と、鈴木刑事が、冷たくいった。

警察は、山田犯人説でかたまってしまっているが、君島は、動機が見つかったことで、ほっとした。

君島は、勝浦まで行き、田名部家のことを調べてみた。

田名部恭一《きょういち》。六十三歳。

これが、殺された田名部涼子の父親である。

田名部興業の社長でもある。勝浦に、ヨットハーバーを持ち、その附属の形で、八階建てのホテル「勝浦」を所有していた。

資産は、二百億円以上といわれている。

田名部は、心臓病が悪化して、現在、入院中だった。

もし、彼が死ねば、莫大《ばくだい》な資産は、すべて、一人娘の涼子にいくはずだった。

その涼子が亡くなったとすると、田名部が死んだ場合の遺産を受け取るのは、甥《おい》に当たる二人の兄弟だとわかった。

田名部恭一には、妹が一人いて、彼女が、結婚して、男の子を二人生んだ。その兄弟である。

名前は、原田信一郎《はらだしんいちろう》、祐次郎《ゆうじろう》で、この兄弟は、千葉市内で、小さな工場をやっているということだった。兄弟の両親は亡くなっている。

原田信一郎が三十四歳。祐次郎のほうは、二十九歳だった。

もし、山田のほかに、犯人がいるとしたら、この二人の兄弟しかいないと、君島は、考えた。

それに、田名部涼子と名乗って、山田に近づき、彼の名刺と、上衣のボタンを手に入れた女である。

10

検事は、いよいよ、山田を殺人容疑で、起訴することに、決めたらしい。

警察の調書を読んで、裁判で、勝てると判断したのだろう。

君島は焦《あせ》った。

そうなれば、たとえ、裁判で、シロとなっても、山田は、会社を馘になってしまうだろう。

新聞に、名前が出た時点で、馘になる可能性がある。

君島は、粘《ねば》って、もう一度、山田に会わせてもらった。山田は、苛立《いらだ》っていた。

「まだ、おれの無実が、証明できないのか？」

と、不機嫌に、君島に食ってかかった。

「それどころか、ますます、事態が、悪くなっているよ」

君島は、館山の食堂での調べを、話して聞かせた。

「その十一時前に来た女というのは、おれと一緒にいた女じゃない。鴨川シーワールドで殺された女だよ。おれは、まんまと、罠にはめられたんだ」

「たぶんな」

「たぶんじゃない。絶対に、罠にはめられたんだよ。それを証明してくれ」

「やっているが、難しいね。ただ、彼女を殺す動機の持ち主が見つかったよ」

君島は、原田兄弟のことを話した。

山田は、それを聞くと、急に、元気を取り戻した。

「それだよ。遺産問題で、女は、殺されたんだ。その原田兄弟は、田名部恭一が、間もなく病気で死ぬのを見越して、相続人である涼子を殺したんだ。田名部恭一が亡くなってから、その一人娘を殺したんではすぐ、疑われてしまうからだよ」

「まあ、そうだろうがね。君の名刺と上衣のボタンの謎が解明できなければ、ほかに、容疑者がいても、何の助けにもならないんだ」

「何とかしろよ」

「何か、いい忘れていることはないのかね？　列車の中でのことでも、館山に着いてからのことでもいい」

「全部、話したよ」

「いや、何か忘れていることがあるはずだ。もう一度、最初から、思い出してみてくれ。東京で、『さざなみ7号』に乗ったところからだ」

「これは、ちょっとした冒険旅行だなと思ったよ。無断欠勤で、旅行に出かけるんだからね」

「心理描写はいらないんだ。事実だけを話してくれればいい」

「グリーン車に乗った。ふいに女が、おれの隣りに腰を下ろして、親しそうにしてくれといった。美人で、黒のハーフコートを着た女だった」

「君は、名刺を渡したんだな？」

「女が、田名部涼子と、名前をいったからね」

「その間に、上衣の袖のボタンを引きちぎられたんだ」

「そうだと思うね。美人だったんで、おれも、いい気分になっていたんだ」

「それから？」

「列車が、千葉に着いたとき、女が、グリーン車のドアのところまで歩いて行った。そして、戻ってくると、革ジャンパーを着た男が、ホームを歩いて行くのを見ながら、おかげで、あの男が、諦めて、降りて行ったと、おれに、礼をいったんだ」

「ちょっと待てよ。それは、初めて聞く話だぞ」

「いや。その男のことは、前に話したよ」

「男のことじゃない。女が、グリーン車のドアのところまで歩いて行ったということだよ」

「しかし、それは、どうってことはないだろう?」

「いや、大事なことだ。それに、革ジャンパーの男も問題だ」

「それは、女が嘘をついたんだ」

「いや、そうともいえないぞ。問題の原田兄弟の兄のほうは、三十四歳で、年齢より老けて見え、髪の毛がうすくなっている。好んで、黒い革ジャンパーを着ているということなんだ」

「そういえば、千葉駅のホームで見た男も、髪がうすく、禿《は》げていたぞ。じゃあ、あいつが、君のいう原田信一郎だったのか?」

「その可能性が強いよ。いいか、君をだました女は、君と一緒に、館山で食事をし、一緒に、鴨川シーワールドに着いた。もし、彼女が、ずっと、君の名刺と、上衣のボタンを持っていたとすると、田名部涼子の死体のハンドバッグに入れたり、にぎらせたりは、出来ないんだ。君と女が、鴨川シーワールドに着いたのは、早くても、午後一時三十分だからだよ。田名部涼子が殺されたのは、午後一時から一時十三分までの間なんだ」

「すると、あの女が、名刺とボタンを、誰かに渡して、先に、鴨川シーワールドに行かせたことになるな」

「そうだ。だから、千葉駅で降りた革ジャンパーの男に、渡したと、僕は思う」

「それはないよ」

山田は、言下に否定した。

「なぜだい？」

「あの男が、ホームにいる間に、『さざなみ7号』は、発車したんだ。あの男が、おれの名刺と、ボタンを受け取ったとしても、次の列車にしか乗れないじゃないか。次は『さざなみ9号』だろう？　正確な時間はわからないが、館山にだって、もっとおそく着くことだけは、間違いない」

「その列車はと――」

君島は、丸めてポケットに入れておいた時刻表を取り出した。

「千葉駅が、一一時〇六分で、館山着は、一二時三五分だ」

「そら見ろ。おれよりおそくなってしまうんだ。なおさら、名刺と、ボタンを午後一時から一時十三分の間に、死体に持たせることは、不可能だよ」

「確かに、そうだがね。そう思わせるところが、向こうの狙いなんじゃないか」

「よくわからないが」

「館山で食事をしたあと、鴨川シーワールドへ行こうといったのは、君なのか？」

「いや、女だ。女が、そういったんで、その前に、食事しようということになったんだよ」

「あの食堂を選んだのも、彼女だろうね？」

「ああ。そうだ。ここが、おいしそうだからといって、一番混んでいる店へ入ったんだ。確かに、美味《うま》い店だったがね」

「列車の中に戻るが、彼女は、千葉駅以外で、席を立ったことがあるか？」

「そういえば、なかったな。何しろ、二時間一分の短い旅だからね」

「そうなら、やはり、名刺と、ボタンを渡したのは、千葉駅だよ。千葉で降りる人間に、渡して、先に鴨川シーワールドに行かせたんだ。それが、原田信一郎だったと思う。一方、弟の原田祐次郎は、東京で、本物の田名部涼子と会い、館山へ連れて来た。この食堂のウェイトレスが、十一時前だったというから、たぶん、『さざなみ3号』で、来たんだろう。この列車は、七時三〇分東京発で、館山着が、九時三四分だから、ゆうゆう間に合う。ここで、食事をしてから、一一時三五分発の普通電車に乗って、安房鴨川に行く。一二時一六分着だ。ここで、君の名刺とボタンを持った原田信一郎が合流し、田名部涼子を、鴨川シーワールドに連れて行き、倉庫の奥で殺した。これが、午後　時から、一時十三分の間だ。殺してからハンドバッグに、君の名刺を入れ、手に、君のボタンをにぎらせておいたのだ。何も知らない君は、ニセの田名部涼子と一緒に、一時三十分過ぎに、鴨川シーワールドに来て、そのうえ、彼女がいなくなったので、案内所で、田名部涼子の名前と、自分の名前をいって、探してくれと頼んだ。まるで、警察に、自首したようなものさ」

「ひどいいわれ方だな」

「事実だから、仕方がない」

君島は、冷たくいった。

「しかし、どうもわからないね。千葉で降りた男が、どうして、おれより先に着けるんだ？　館山で、おれと女が、食事をしている間に、追い越したとでもいうのか？　しかし彼は、一時間あとに出る『さざなみ9号』にしか乗れないいんだろう？」

「――――」

「どうしたんだ？」

「これだよ」

君島は、急に、時刻表のページを叩《たた》いた。

「どれだ？」

「いいかい。房総方面へ行く列車は、四本ある。四本は、千葉駅で、分かれるんだ。内房線、外房線、総武線、それに、成田線だ」

「それは知っているよ」

「館山へ行くには、内房線が、一番早い。しかし、安房鴨川は、違うんだ。その駅は、外房線の終点なんだよ。君の乗った『さざなみ7号』の千葉着は、一〇時〇四分。ここで、原田信一郎は、君の名刺と、ボタンを受け取って、降りた。『さざなみ7号』は、そのまま、発車してしまう。内房線に乗ったのでは、君たちより先には行けない。だが、外房線に乗ればいいんだ。一〇時三六分千葉発の『わかしお7号』に乗ればいい。この列車は、終点の安房鴨川に、一二時一九分に着くからだよ。一方田名部涼子を連れて、原田祐次郎が、館山から、安房鴨川に着くのが、一二時一六分。三分しか違わないんだ」

11

君島は、同じ話を、中西と、鈴木の二人の刑事にもした。

二人とも、さすがに、ショックを受けたようだったが、だからといって、すぐ、山田を釈放するとはいわなかった。

「それは、あくまでも、君の推理でしかないだろう？　証拠がないよ」

と、中西は、いった。

「それは、わかっています。しかし、原田兄弟が、犯人の可能性も出てきたんです。今度の事件での兄弟のアリバイを調べてくれませんか？」

「調べてもいいが――」

「僕の推理が当たっていれば、兄弟が、次に狙うのは田名部恭一ですよ。遺産相続人は、殺してしまったんですから、次に、当主を殺してしまえば、莫大な遺産は、すべて、兄弟のものになるんです。それに、田名部恭一は、病気がちだと聞いています。殺すのは、簡単だと思いますね。そうなってからでは、手おくれじゃありませんか？」

「君は、警察を脅かすのか？」

「いいえ。そんな気はありません」

「君は、われわれに、原田兄弟を調べさせておいて、何をするつもりなんだ？」

「ニセの田名部涼子を見つけ出します」

と、君島は、いった。

君島には、目算があった。

殺された田名部涼子は、モデルだった。ニセモノも、美人で、スタイルが、よかったという。

と、すれば、彼女も、モデルの可能性が出てくる。

君島は、翌日になって、東京へ出た。友人が、やっている興信所で、田名部涼子が属していたモデルクラブを、探してもらった。

君島が、待っている間に、友人は、探してくれた。

「銀座に事務所のあるモデルクラブだよ。名前は、『日本モデルグループ』だ。略して、NMGだ。所属するモデルの数は、五十人。田名部涼子は、その中では、ABCとあってBクラスだったらしい」

と、友人は、教えてくれた。

君島は、礼をいって、外へ出ると、銀座へ急いだ。

NMGは、雑居ビルの五階にあった。

君島は、受付で、法律事務所の名前をいった。

それが利《き》いたのか、副社長だという四十歳くらいの女性が、会ってくれた。小島弓子《こじまゆみこ》と名乗り、前は、モデルをやっていたらしく、中年太りもしてなくて、すらりとしていた。

「九月三十日に、休んでいて、死んだ田名部涼子さんと親しかったモデルさんを知りませんか？　身長は、一六五センチくらいで、タレントのKに似た顔をしているんですが」

と、君島は、いった。

「Kに似ているというと――」

小島弓子は、しばらく考えていたが、

「敬子《けいこ》さんかしら？」

「どういう人ですか？」

「小早川《こばやかわ》敬子という名前で、タレントのKに似ているのを、自慢にしていましたよ。確か今日、電話で、結婚するので、辞《や》めたいといってきたんですけどね」

「その人の写真がありませんか？」

「ええ。ありますよ」

弓子は、机の引出しから、アルバムを取り出し、その中から、小早川敬子の写真を、二枚、抜き出した。

一枚は、顔写真、もう一枚は、全身の写真である。

確かに、スタイルがいいし、タレントのKに似ている。山田が、参ってしまったのも、無理はないと思った。

結婚するといっているらしいが、原田兄弟のどちらかと、結婚するつもりなのだろうか？　それとも、逆に、兄弟のほうが、結婚をエサにして、彼女を、殺人計画に、誘い込んだのか。

君島は、小早川敬子の住所と、電話番号を聞いてから、NMGを出た。

まともに、彼女にぶつかっても、山田をだまして、罠にかけたことは、否定するだろう。しかし、君島は、しばらく考えてから、やはり、正面から、ぶつかってみることにした。

四谷のマンションに、小早川敬子は、在宅していた。

彼女にも、君島は、法律事務所の名前の入った名刺を渡した。

「あなたは、田名部涼子さんと、親しかったんじゃありませんか？」

君島がきくと、敬子は、用心深く、

「一緒のモデルクラブにいたことはいましたけど——」

「彼女が、亡くなったことは、ご存じですね？」

「ええ。まあ」

「実は、彼女は、大変な資産家の一人娘だったのです。母親は亡くなっていまして、父親がいますが、病身です」

「――――」

「その父親が亡くなれば、二百億近い遺産が、彼女のものになるはずでした。その彼女が、実は、遺書を残していましてね。自分が、父から引き継ぐ財産は、すべて、親友のあなたに贈るというのですよ」

「でも、まだ、お父さんが生きているんでしょう？」

「そうです。しかし、父親は、自分が病身なのを知っていて、少しずつ、財産を、娘の名義にしてあったんですよ。その額だけでも、五億から六億はあります。涼子さん自身は、知らなかったようですが、親心でしょうね。従って、今でも、あなたは、五億から六億円の遺産を、涼子さんから贈られることになります。ただし、親孝行な涼子さんは、父に長生きしてほしい。病死は仕方がないが、少しでも不自然な死に方をしたら、全財産は、社会事業に寄附してくれとも、書いてありました」

「私は、いつ、その五億円か、六億円かを貰えるの？」

敬子の声の調子が変わっている。

「一カ月以内に、贈られると思います。但《ただ》し、その間に、田名部恭一さんが、少しでも不自然な死に方をしたら、すべては、ご破算です」

それだけいって、君島は、立ち上がった。

廊下に出たところで、立ち止まり、耳をすませた。

あわてて、敬子が、電話のダイヤルを回しているのが聞こえた。

——原田さんね？　あたしよ。よく聞いてちょうだい！　涼子のおやじを殺しちゃ駄目。理由なんか、どうでもいいでしょう。とにかく殺しちゃ駄目なのよ！

その声を聞きながら、君島は、そっと、ドアを開けて、中に入った。帰るとき、ドアの錠のところに、名刺をはさんでおいたのだ。

敬子は、電話に夢中で、君島が入って来たのに、気がつかない。

——何をいってるのよ！　とにかく、涼子のおやじを殺しちゃ駄目なの。そんなことをしたら、何もかも、ぶちこわしになるのよ。折角、涼子を殺したことも、全部、無駄になってしまうの。いいから、あたしの話を聞きなさい！　あと一ヵ月は、涼子のおやじを殺しちゃいけないの。わかった？　わかったわね？

「わかったよ」

君島は、そういって、手を伸ばして、電話を切った。

振り返った小早川敬子の顔が、一瞬、死人のように蒼ざめて——。

殺意の「函館本線」

1

受話器を取った西本刑事が、ニヤッと笑って、

「警部。奥さんからお電話です」

「しようのないやつだな。ここには、電話するなといってあるのに」

十津川は、わざと、舌打ちしてみせてから、受話器を受け取った。

「あなた。これから、北海道へ行って来ます」

と、妻の直子《なおこ》が、いきなりいった。

「北海道へ、何しに行くんだ？」

「川島《かわしま》さんを覚えていらっしゃるでしょう？　川島正《ただし》さん」

「ああ、覚えてるよ」

十津川は、肯《うなず》いた。

川島正は、今年の三月、停年退職した刑事である。平《ひら》刑事のままだったが、十津川の先輩でもあり、捜査一課の生き字引のような存在だった。

「川島さんが、どうかしたのか？」

「今、川島さんの奥さんから電話があってね。川島さんが、亡くなったんですって。それも、北海道で、殺されたということなの。ひとりでは心細いので、一緒に行ってほしいとおっしゃってるから、これから、奥さんと羽田へ行って、千歳行きの飛行機に乗るつもりですわ。函館行きが満席なので……」

「それ、本当なのか？」

「ええ。北海道の警察から、電話で知らせてきたんですって」

「くわしいことは、わからないのか？」

「ええ。何でも函館の近くで、亡くなったそうで、函館警察署へ来てほしいという電話だったらしいの。ああ、タクシーが来たから、もう出かけるわ」

直子は電話を切った。

十津川は、しばらく、呆然《ぼうぜん》としていた。

彼が、警視庁へ入ったとき、川島は捜査課の刑事として、働いていた。昇進するチャンスは、いくらもあったのに、川島は、頑固に、平刑事で通した。

昔気質《かたぎ》で、融通《ゆうずう》がきかないところもあったが、仕事熱心だったから、誰もが、一目置いていた。

警視総監賞を、何回も受けている。ときには、彼の頑固さのせいで、犯人逮捕に失敗したこともあったし、容疑者を痛めつけて、告訴されたこともある。しかし、十津川が、彼を好きだったのは、彼が、正直だったからである。嘘をつくことの嫌いな男だった。容疑者を殴ったら、殴ったといった。もちろんそのために、かえって、ごたごたを起こしたこともあるが、すべて、彼の生真面目《きまじめ》さのせいだと思うから、十津川は、文句をいわなかったし、川島を尊敬していた。

今年、その川島が、停年退職した。

〈警視庁の名物刑事が辞めた。記者団と、喧嘩《けんか》したこともあったが、正直で、優秀な刑事だったことは、皆が認めている。第二の人生でも、ひたむきに頑張ってほしい〉

と、警視庁詰めの記者が、新聞に書いたものだった。

川島は、今年の三月に退職したあと、一年間、ゆっくり休み、それから、身の振り方を考えるといっていたのである。まだ、辞めてから八カ月しかたっていなかった。

「川島さんが、死んだよ」

と、十津川は、亀井にいった。

「本当ですか？」

亀井の顔色も変わった。

「ああ。函館の近くで、殺されたらしい」

「なぜ、そんなところで、殺されたんですか？　今頃、奥さんと、温泉へでも行って、のんびりしていると思ってたんですが」

2

十津川は、函館署に電話をかけてみた。

電話口に、山口《やまぐち》という署長が出た。

「川島正さんのことなら、私が、承知しています。今朝早く、函館本線の線路際で、死んでいたのが発見されました。函館の近くに、渡島大野《おしまおおの》という駅がありますが、その駅から、五百メートルほど離れた地点です」

「殺人事件ということでしたが？」

「そのとおりです。最初は、路線際を歩いていて、通過する列車に、はねられたのではないかと考えました。骨折箇所が、いくつかあったからです。しかし、よく調べると、くびを絞められた痕《あと》がありましたので、他殺と断定しました。身元は、持っていた運転免許証でわかりました。さっそく、電話番号を調べて、東京の家族の方に連絡したのですが、そのとき、警視庁を、今年、停年退職された方とわかりました」

「それで、私も、驚いているところです」

「そうでしょうな。心から、お悔《く》やみ申しあげます」

「なぜ、川島さんは、そんなところで、死んでいたんでしょうか？」

「それを、今、調べているんですが、まだ、わかりません。財布が失《な》くなっているところをみると、物盗《と》りの犯行のようにも思えますが、これも、断定は、出来ません。それから、ポケットに、上りの特急『おおとり』の切符が入っていました。昨日十二月二日の切符です。区間は、千歳空港駅から、函館までです」

「特急『おおとり』ですか？」

「そうです。網走《あばしり》と、函館の間を走る特急列車で、千歳空港駅発が、一五時四〇分で、函館着が、一九時二四分です。死体が発見された地点は、函館の手前十五キロほどのところです。切符をそのまま持っていたことを考えますと、上りの特急『おおとり』に、千歳空港駅から乗り、函館の手前で、列車から、突き落とされたものと考えられます。車中で、何者かに、くびを絞められたうえでです」

「そうですか」

「何か、函館にご用があって、昨日、来られたんだと思いますが、どんな用だったかわかりませんか？　それがわかれば、捜査の参考になると思いますが」

「残念ですが、われわれにも、わからないのです。川島さんが、退職されてから、あまり会っていませんでしたのでね」

「では、奥さんが、こちらに来られたら、きいてみましょう。何かわかり次第、連絡しますよ」

と、署長は、いってくれた。

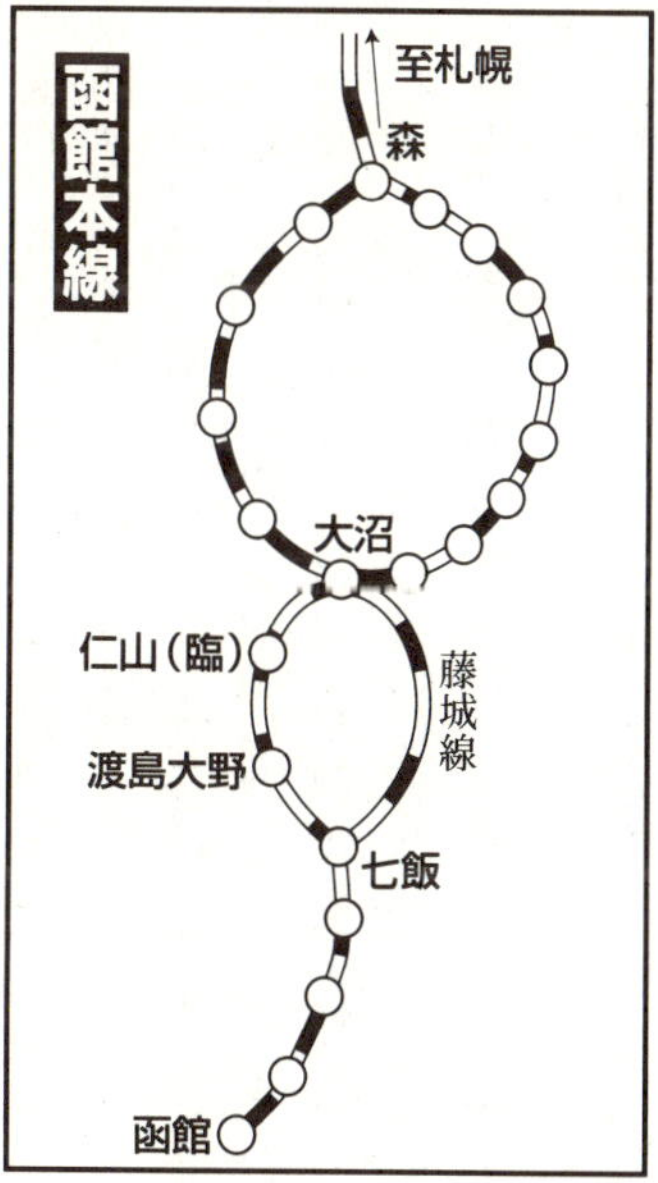

電話を切ると、十津川は、北海道南部の地図を広げてみた。

それと、時刻表の「索引地図」を並べた。

署長の話では、函館本線の「渡島大野」の近くで、川島の死体が見つかったという。

函館本線は、その駅の近くで、奇妙なルートを見せていた。

面白い8の字を描いているのだ。

問題は、下の小さな円のほうだろう。

十津川は、「函館本線」のことを書いた本を、図書室で見つけてきて、読んでみた。

それによると、七飯《ななえ》—大沼間について、次のように、説明してあった。

七飯と大沼の間は、最初は、左側の渡島大野経由の線しかなかった。

しかし、この区間は、一〇〇〇分の二〇という勾配《こうばい》で、下り線は、スピードが落ちる。

そこで、輸送力増強のために、右側の迂回《うかい》線を作った。完成したのが昭和四十一年である。

こちらのほうが、勾配が小さいため、函館発札幌方面行きの下り列車は、こちらの線(藤城《ふじしろ》線と呼ばれている)を走るようになり、上り線は、左の在来線を、走ることになった。

これが、説明だった。

川島が、上りの「おおとり」に乗って、函館に向かっていたとすれば、その列車は、上りだから、左側の在来線を走っていたはずである。

従って「渡島大野」の近くの線路際で、死体で見つかり、しかも、上りの「おおとり」の切符を持っていたとすれば、その列車の中で殺され、列車から突き落とされたと考えるのが、自然だろう。

次に、十津川は、上りの特急「おおとり」の時刻表を調べてみた。

特急「おおとり」は、函館―網走間を走る列車である。

この列車が、千歳空港駅を出発するのは、函館署長のいうとおり、一五時四〇分で、それから、函館までは、次のようになっている。

千歳空港発　15：40
↓
苫小牧発　16：01
↓
登別発　16：30
↓
東室蘭発　16：46
↓
洞爺発　17：14
↓
長万部発　17：48
↓
函館着　19：24

「森《もり》」にも「大沼」にも、「七飯」にも、「おおとり」は、停車しない。

この列車が、「渡島大野」近くを通過するのは、たぶん、一九時七、八分頃だろう。

だが、時刻表を置くと、十津川は、また、考え込んでしまった。

いぜんとして、川島が、なぜ、そんなところで、殺されたのか、見当がつかなかったからである。

3

夜になって、帰宅した十津川に、妻の直子から、電話がかかってきた。

「間違いなく、川島さんは、殺されたんだわ。くびのところに、はっきりと、絞めた痕があるの」

と、直子が、いった。

「それは、さっき、函館署長に聞いたよ。ポケットに、上りの特急『おおとり』の切符が入っていたようだね」

「ええ。グリーン車の切符よ。千歳空港駅から、函館行きの切符なの」

「川島さんは、なぜ、昨日、函館へ行こうとしたんだろう？　奥さんは、何かいってなかったか？」

「きいてみたわ。でも、奥さんも、知らないらしいの。ただ、川島さんは、昨日、急に、北海道へ行ってくるといって、出かけたみたいね。一三時五五分の羽田発のＪＡＬで、千歳へ行ったと、奥さんはいったわ」

「その便だと、千歳着は、と——」

「一五時二〇分よ。時刻表で見たわ。空港から、国鉄の駅までは、十二、三分で行けるわ、連絡橋を使えば。だから、この便で、千歳空港へ着けば、一五時四〇分発の上り特急『おおとり』には、乗れるわ」

「よく調べたね」

「気になったから、時刻表で、調べてみたのよ。でも、川島さんが、何のために、誰に会いに来て、誰になぜ、殺されたか、全く、わからないわ」

「署長の話だと、列車から、突き落とされたんだろうということだったが」

「ええ、私も、そう聞きました」

「君の感想はどうだ？」

「今日、私と、川島さんの奥さんとは、千歳空港駅から、特急の『おおぞら2号』で、函館へ来たの。ディーゼル特急なんだけど、窓が開かないのよ。『おおとり』も同じ車両だから、窓は開かないんじゃないかしら。そうだとすると、犯人は、走っている列車から、どうやって、川島さんを、窓から落としたのか、わからなくなってしまうわ」

「そうか、特急の窓は、開かないのか」

「ええ」

「その点は、函館署は、どう考えているんだろう?」

「わからないわ」

「川島さんの遺体は、解剖することになるんだろうね? 殺人事件だからな」

「ええ。奥さんが了解したので、今日中に、大学病院で、解剖するみたいだわ」

「君は、いつ、帰ってくるんだ?」

「奥さんは、解剖がすんだあと、こちらで、茶毘《だび》に付して、遺骨を持って帰ると、おっしゃっているから、私も、それまで、こちらにいるつもり」

「そうか。奥さんを、なぐさめてあげてくれ」

電話が切れたあと、十津川は、座椅子に、背をもたせかけ、じっと、考え込んだ。

川島のことが、あれこれ、思い出されて仕方がない。

上司の十津川に対しても、ずけずけと、注文をつけたり、批判したりもした。普通なら、腹が立つのだが、川島に限って、そうならなかったのは、彼が、誠実な人間だったからだし、何事にも、一生懸命で、そのためだとわかっていたからである。

ベテランの刑事は、若い新人と組むのを嫌がることが多いが、川島は、逆で、若い刑事と、コンビを組むのを喜んでいた。あれは、たぶん、自分たち夫婦に、娘しかなくて、男の子が、いなかったからだろう。娘さんは、すでに二人とも、結婚しているはずだった。

その日の夜半近くに、電話が鳴った。

北海道へ行っている直子の身に何かあったのだろうかと、一時、はっとして、受話器を取ったが、相手は、亀井刑事だった。

「こんな夜分、申しわけありません」

と、亀井が、いった。

「いや、かまわんさ。事件か？」

「たいした事件じゃないんですが、ちょっと気になることがありまして」

「話してくれ」

「一時間ほど前に、世田谷で起きた事件ですが、留守の家に、泥棒が入って、家の中を荒らしたという届け出が隣家の主婦から、出ているんですが、空巣《あきす》に入られた家というのが、川島さんの家なんですよ」

「それ、本当かい？」

「間違いありません。今、結婚した娘さんに来てもらって、何が盗まれたか、調べているそうですが、川島さんが、北海道で殺された直後だけに、どうも、気になるんです」

「私もだよ。すぐ、行ってみる」

「私も行きます」

と、亀井が、いった。

十津川は、亀井と、世田谷署で、一緒になった。

川島の家は、二十年前に買った古い家である。

十津川も、亀井も、何回か、その家に遊びに行ったことがある。

二人の娘が、まだ、家にいて、独身だった十津川は、照れ臭《くさ》さと、楽しさを同時に感じたものだった。

銀行員と結婚した長女の由香利《ゆかり》が、世田谷署の刑事と、話をしていた。

その緊張していた顔が、十津川と亀井を見て、いくらか、なごんだ。

「お父さんのことは、何といったらいいのか――」

十津川が、声をかけると、由香利は、

「十津川さんの奥さんが、母について行って下さって、助かりました。私が、一緒に行けばよかったんですが、子供が、熱を出してしまったものですから」

「失くなっているものが、何か、わかりましたか？」

亀井が、きいた。

「母が帰ってこないと、はっきりしたことはわからないんですけど、荒らされていたのは、父が書斎として使っていた二階の六畳だけなんです」

「ほかは、荒らされていないんですか？」

「ええ、一階の居間の洋ダンスの引出しには、預金通帳や、印鑑なんかが入っていたんですけど、ぜんぜん、盗まれていませんわ」

「すると、お父さんの何かを狙って、入ったのかもしれませんね」

「部屋を見せてもらって、かまいませんか？」

と、十津川が、いった。

二人は、靴を脱いで、部屋にあがった。

今なら、三十五坪の敷地も、一財産だが、十津川たちが、時々、呼ばれて訪ねていた頃は、安普請《やすぶしん》の建売り住宅という感じで、若い西本刑事など、雨どいを修理するのを手伝わされたものである。

二階の六畳にあがってみると、由香利がいったとおり、その部屋だけが、荒らされていた。

机の引出しも、ぶちまけられているし、本棚の本も、畳の上に散乱している。

「北海道で、川島さんを殺した人間が、この部屋を荒らしたんでしょうか？」

亀井が、小声で、十津川にきいた。

「時間的には、可能だね。もし、同一犯人なら、かえって、犯人逮捕が、やりやすくなるかもしれないな」

と、十津川は、いってから、由香利に向かって、

「空巣が入ったことは、もう、お母さんに知らせましたか？」

「はい、函館の母の泊まっているホテルに、電話をしました」

「貴女《あなた》は、お父さんが、なぜ、北海道へ行ったのか、知っていますか？」

「いいえ」

「何も、聞いてなかったんですね？」

「はい」

「函館へ行っていたことも知らなかった？」

「はい」

「最近、お父さんが、誰かに狙われていたようなことは、ありませんか？」

「さあ、そういうことがあれば、母が、私や妹に電話してくると思いますけど、電話もありませんでしたわ」

「そうですか」

「父は、誰に、なぜ殺されたんでしょうか？」

由香利に、真剣な眼で見つめられて、十津川は、当惑してしまった。

「私には、全く見当がつきません。ただ、この空巣犯人と、お父さんを殺した犯人が、同一という可能性は、あります」

4

十津川は、いったん、家に帰った。

翌日の午前九時過ぎ、警視庁へ出勤している十津川のところへ、直子から、電話が入った。

「解剖の結果が、わかったわ。死因は、やはり、絞殺で、死亡推定時刻は、午後七時から九時の間ということなの。一九時から、二一時ということで、上り特急『おおとり』が、現場付近を通過するのが、一九時を少し過ぎた頃というので、ぴったり一致するわ」

「しかし、特急の窓は、開かないんだろう？」

「ええ。そこが問題なんだけど、函館か、途中駅におろして、車で、現場まで運んで行って、殺したとは、思えないわ」

「川島さんのポケットに、函館までの『おおとり』の切符が入っていたからか？」

「ええ。函館で降りたのなら、切符を持っているはずがないものね」

「途中下車したのなら、切符を持っていてもおかしくはないよ。函館までの途中で降りて、そこから、現場まで、車で運んだのかもしれない」

「問題の切符を見せてもらったんだけど、途中下車の印は、入ってなかったわ」

「川島さんが、上りの『おおとり』に乗ったことは、間違いないんだろうね？　切符は、犯人が買ったものだということだって、考えられる。千歳空港駅で、函館までを二枚買って、その一枚を、殺した川島さんのポケットに入れておいたことだって、考えられる。川島さんが、上りの『おおとり』に乗ったと見せかけるためにだよ」

「それは、道警本部でも、考えたみたいで、事件前日の『おおとり』の車掌さんに、川島さんの写真を見せて、きいてみたらしいわ。グリーン車は、すいていて、車掌さんは、川島さんを覚えていたそうよ。検札のとき、川島さんが、『函館には、何時に着きますか？……』と、きいたといっていたわ」

「じゃあ、川島さんは、間違いなく、上りの『おおとり』に乗っていたわけかね？」

「ええ。千歳空港駅から、乗って、函館へ向かったことは、間違いないわ」

「しかし、特急『おおとり』の窓は開かないんだから、列車から突き落とされたとは、考えられないわけだろう？」

「ええ。ただ、車掌室は開くから、そこからなら、突き落とせるわ」

「その可能性は、あるのかい？」

「わからないわ。車掌さんが、いないときに、殺した川島さんの死体を担《かつ》ぎ込み、窓を開けて、突き落としたというわけだけど、そんな際《きわ》どいことが出来たかどうかが、問題だと思うの。道警の刑事さんは、その可能性があったかどうか、調べているみたいだわ」

「もう一つ、考え方があるな」

「どんな？」

「千歳空港駅で、函館行きの特急『おおとり』に乗った川島さんが、何かの理由で、途中で、急行か、普通列車に乗りかえたということだよ。急行や、普通なら、窓は開くだろう。犯人は、そちらに乗っていて、川島さんを絞殺し、窓から、突き落としたとも、考えられる。普通列車なら、切符は、そのままで、乗れるわけだからね」

「そうね。それも、道警の刑事さんに調べてもらっておくわ」

5

川島刑事の妻、君子《きみこ》が、函館で荼毘に付した夫の遺骨を抱いて、羽田に帰ったのは、翌日の夕方である。

十津川と、亀井が、羽田まで、迎えに行った。

直子も、君子と一緒に、帰って来た。

十津川が、君子に、悔やみをいい、

「私も、亀井刑事も、いわば、川島さんの後輩です。何としてでも、川島さんを殺した犯人を捕えたいと思っています」

「ありがとうございます」

と、君子は、頭を下げた。

空港で、あれこれ、きくわけにもいかないので、十津川は、亀井に、君子を、送らせることにした。

二人が、乗ったタクシーが、走り去るのを見送ってから、十津川は、直子に、

「ご苦労さん」

と、いった。

「いろいろ、話したいことがあるんだけど、お腹が空《す》いたわ」

と、直子が、いう。

十津川は、空港内の中華料理店へ連れて行った。

窓から、飛行機の発着が見えるテーブルに腰を下ろし、料理を注文してから、

「川島さんのことで、わかったことは、何でも話してくれないか」

と、十津川は、いった。

「昨日、電話で、あなたがいったことだけど」

「川島さんは、函館までの途中で、急行か、普通かに乗りかえたんじゃないかということか？」

「ええ。道警の刑事さんも、可能性があると考えたらしくて、調べてくれたんだけど」

直子は、言葉を切って、ハンドバッグからメモを取り出して、テーブルの上に広げた。

「ここに書いてあるように、特急『おおとり』は、千歳空港駅を出たあと、終着の函館へ着くまで、苫小牧、登別、東室蘭、洞爺、長万部に停車するわ」

「それは、私も、時刻表を見て調べたよ。川島さんが、乗りかえたとすれば、最後に停まる長万部だと思うね」

「道警の刑事さんも、同じ考えだったわ」

「ちょっと待ってくれよ」

十津川は、コートのポケットから、丸めて突っ込んでおいた時刻表を取り出した。

「上りの特急『おおとり』が、長万部に着くのが、一七時四六分だ。この時刻に、長万部

で降りて、そのあとに来る函館行きの急行か、普通に乗ったとするとだ――」

「ちょうどいい、普通列車があるのよ」

直子が、ニッコリ笑った。

「確かにあるね。一七時五二分長万部発函館行きの普通列車があるよ。同じ上り列車だから、大沼からは、左側の線を走る。渡島大野が二〇時四〇分、次の七飯が二〇時四六分。この間で、窓から突き落とされたとすれば、死亡時刻も、ぴったり一致するんじゃないか？」

「ええ。そうなの。川島さんの死亡推定時刻は、午後七時から九時までの間だから、ぴったり合うのよ」

「問題は、川島さんが、なぜ、特急から、わざわざ、普通に乗りかえたかという理由と、乗りかえたという証拠がわかればということだが」

「理由はわからないけど、長万部で乗りかえたと思われる証拠は見つかったわ」

「本当か？」

「ええ」

「どんな証拠だい」

「食べながら、話すわ」

直子は、運ばれてきた料理に、箸《はし》をつけながら、

「特急『おおとり』の車掌さんのことだけど――」

「検札のとき、川島さんを確認していたんだったね。函館に何時に着くのかと、川島さんに、きかれたというので」

「その車掌さんが、こういう証言もしてくれているのよ。特急『おおとり』が、長万部を出て、七、八分してから、グリーン車の乗客の一人が、車掌室にやって来て、通路に落ちていたといって、ライターを渡したというの。それが、ガスライターじゃなくて、何とかいうアメリカのオイルライターだったそうよ」

「ジッポーかい？」

「そう、そのジッポーだわ。届けた人の話では、長万部で、あわてて降りたグリーン車の乗客が、落としたらしいというわけ。道警で調べたら、そのライターに、KAWA-SHIMAと彫ってあったんですって。それで、川島さんが、特急『おおとり』から、長万部で降りるときに、落としたものじゃないかということになったのよ」

「それは、間違いなく、川島さんのライターだよ。川島さんは、昔から、ジッポー信者でね。ガスライターは、何だか、火をつけているという実感がなくて嫌だといって、三千円のオイルライターのジッポーを、使っていたんだ」

「奥さんも、ご主人が持っていたものに間違いないと、おっしゃってたわ」

「それなら、やはり、川島さんは、長万部で、特急『おおとり』から、普通列車に乗りかえたんだ。そして、渡島大野と、七飯の間で、犯人に、絞殺され、窓から、突き落とされたんだ」

「道警でも、そう考えるようになったみたいだわ」

「しかし、川島さんは、何をしに、北海道へ行ったんだろう？」

「帰りの飛行機の中で、奥さんに、いろいろと、きいてみたの。川島さんが、奥さんを連れて行かず、なぜ、ひとりで、北海道へ行ったのかということを」

「それで、奥さんは、何といったんだ？」

「川島さんは、今年の三月に、退職してから、何か一つのことを、調べていたみたいだわ。奥さんには、これが、片付かないと、のんびり、温泉旅行を楽しむ気分になれないと、いっていたみたい。事件の日には、北海道へ行って、人に会ってくるといっていたんですって。そうすれば、決着がつくというようなことを、おっしゃってたそうよ」

「何のことだろう？」

「私も、それを、奥さんに、きいてみたわ。何のことか、わかれば、川島さんを殺した犯人の見当も、つくでしょう？」

「退職して、すぐは、川島さんは、のんびりしていて、奥さんに、一緒に旅行でもしようといっていたそうだわ。それが、ある日、手紙を受け取ってから、様子が、おかしくなったんですって。そして、九月中旬頃から、急に、川島さんは、夢中になって、何かを調べ始めたらしいわ」

「どんな手紙だったんだろう？」

「奥さんは、よく覚えていないといってたわ。覚えているのは、とても、部厚い手紙だったことだそうよ。差出人の名前も、わからないって」

「家に帰って、その手紙が見つかれば、何かわかると思うが――」

と、いいかけて、十津川は、川島家に、空巣が入ったことを思い出した。

あの空巣は、川島を殺した犯人で、問題の手紙を持ち去るために、家捜《やさが》しをしたのではあるまいか？

そうだとすると、手紙は、盗まれてしまったかもしれない。

6

直子を、タクシーに乗せ、十津川自身は、ひとりで、警視庁に帰った。

川島君子を、家へ送り届けた亀井は、しばらくして、帰って来た。

十津川が、手紙のことをいうと、亀井は、

「私も川島さんの奥さんに、その手紙のことを聞きました。それで、奥さんと、捜してみたんですが、見つかりませんでした」

「空巣に入った奴が、持ち去ったんだ」

「私も、そう思います。北海道で、川島さんを殺した犯人が、翌日、東京へ来て、盗み出したものと思います」

「そうだろうね。しかし、肝心の手紙が失くなっていると、手掛かりがないな」

「そうです。ただ奥さんは話をしている間、その手紙のことで、いくつか思い出してくれました」

「差出人の名前が、わかったのか？」

「いや。そうじゃありませんが、黄色い封筒で、検閲したという印がついていたそうです」

「というと、刑務所の囚人が出した手紙ということになるな」

「そうです。たぶん、川島さんが担当した事件が関係していると思いますね」

「各地の刑務所に連絡して、川島さん宛に手紙を書いた受刑者がいたかどうか調べてもらおう」

十津川は、すぐ、全国の刑務所に電話をかけて、調べてもらった。

受刑者が出した手紙は、すべて、記録されているので、すぐ、答えが出た。

今年の六月七日に、府中《ふちゅう》刑務所の高井涼一《たかいりょういち》という受刑者が、川島に、手紙を出していることが、わかった。

高井涼一、二十九歳。罪名は殺人である。懲役十年の刑で、服役していた。

「この男は、今年の八月に、心臓発作で死亡しました」

と、副所長が、電話口でいった。

「うちにいたことのある川島が、高井に面会に行きませんでしたか？」

十津川が、きくと、副所長は、すぐ、面会人の名簿を取り寄せて見ていたが、

「ああ、見えていますよ。六月十五日と、七月二十日の二回です。高井涼一を逮捕したのが川島さんだったようですね」

「そうです。彼は、高井涼一が亡くなったのを知っていたわけですね?」

「ええ。知っていましたよ」

「高井涼一が、川島宛に出した手紙の内容は、わかりませんか?」

「それが、何か、事件に関係しているんですか?」

「川島は、北海道で何者かに、殺されました。どうも、何かを調べていて、殺されたらしいのです。それが、どうも、高井涼一からの手紙に、関係しているようなのです」

「なるほど」

「それで、高井涼一が出した手紙の内容が、気になるわけです」

「そうですか。こちらも、一字一句覚えているわけではありませんが、自分は、無実だから、もう一度、事件を調べ直してほしいということが、書いてあったんだと思いますね」

「しかし、なぜ、川島に頼んだんですかね? 普通なら、家族か、弁護士に頼むものでしょう?」

「それは、わかりません」

と、副所長は、いった。

高井涼一という名前は、十津川も、覚えていた。

去年の十月二十五日に起きた事件である。東京の池袋《いけぶくろ》で、一人の女が殺された。

名前は、井上由美子《いのうえゆみこ》。二十五歳。全国的なサラリーローン会社「アサヒ」の事務員である。

由美子は、池袋近くのマンションに、ひとりでいたのだが、二十五日の夜、何者かに、絞殺され、翌日の昼近くに、ボーイフレンドによって、発見された。

二十六日は、日曜日で、ボーイフレンドは、映画を見に行く約束をしていたので、迎えに来たのだと主張した。そのボーイフレンドが、高井涼一である。

最初、高井は、容疑者の一人にしか過ぎなかったが、川島刑事が、高井の身辺を調べて行くにつれて、次第に、容疑が、濃くなっていった。

被害者井上由美子には、抵抗の痕がないことから、親しい人間に、殺されたものと思われた。高井は、マンションのカギを貰っているほどの仲である。

当時、高井は、失業中で、金に困っていた。一方、被害者の部屋から、預金通帳と、印鑑が失くなっていた。

被害者は、前日、車を買うためといって、五十万円を銀行でおろしていたが、その金も失くなっていた。

金に困っていた高井が、夜、彼女の家に行き、借金を頼んだが、断られたので、カッとして、くびを絞めて殺し、現金五十万円と、預金通帳、印鑑を持ち去ったと、考えられた。

高井にとって、不利なことが、ほかにもあった。

第一に、失業中の高井のアパートを調べたところ、封筒に入った五十万円の金が見つかったことである。

川島刑事が、追及すると、高井は、最初、被害者から貰ったといい、次には、二十六日の朝、起きたら、誰かが、窓から自分の部屋に放り込んでいったのだと主張した。もちろん、どちらも、信用されなかった。

第二に、二十五日土曜日の夕方、高井が、彼女のマンションに訪ねて来て、口論しているのを、隣室のホステスに聞かれていることだった。

時刻は、午後六時頃で、ホステスは、池袋西口にあるクラブへ出勤しようとして、口論を聞いたのである。彼女が見ていると、顔色を変えて、高井が、飛び出して来たという。

高井は、そのことも、最初は、否定しながら、証人がいるといわれると、口論したことを認めた。

つまらないことで、ロゲンカしたが、あとで、電話をかけて謝り、翌日、映画に行くことを約束したのだと主張した。

しかし、警察は、その言葉を鵜呑《うの》みにはしなかった。被害者は、二十五日の午後十時から十一時の間に、殺されている。金を借りに来て断わられた高井は、いったん帰ったが、合いカギを持っているのを幸い、夜の十時過ぎに、彼女のマンションに行き、ドアを開けて、中に入った。金を探しているとき、彼女が起きてきたので、絞殺し、預金通帳を奪ったと、考えたのである。

もし、翌日が、日曜日でなかったら、高井は、盗んだ預金通帳と印鑑で、預金もおろしていただろう。

高井涼一は、強盗殺人罪で、逮捕され、十年の判決を受けた。

これが、事件のすべてだった。

7

「退職してから、川島さんは、この事件を、調べ直していたようだね」

十津川は、考える表情で、亀井にいった。

「そのようですね。服役中の高井から手紙を貰い、そのうえ、彼が、病死したことで、責任を感じて、調べ直していたんだと思います」

「そういえば、川島さんは、退職のとき、一つだけ、心に引っかかることがあるといっていたが、この事件のことだったのかもしれないな」

「どうしますか？」

「もちろん、この事件を、もう一度、調べ直してみるよ。そうすれば、川島さんを殺した人間が見つかるからな」

「川島さんは、北海道の函館に行って、殺されました。ということは、犯人に、函館に呼び出されたんだと思いますね」

「同感だね」

と、十津川は、肯いてから、

「川島さんが、函館に飛んだということは、犯人の呼び出しが、納得できるものだったからだろう。川島さんは、用心深い人だった。犯人が、ただ、函館に来いといっても、それが納得できなければ、行かなかったと思うね」

「では、去年の事件で、函館に関係のある人間を探しましょう」

「東京で起きた事件に、果たして、北海道の函館が、出てくるかな」

十津川は、首をかしげた。

十津川と、亀井は、問題の事件を、調べ直すことにした。

〈池袋マンション殺人事件〉

これが、事件の名称だった。

容疑者は、高井涼一を含めて、四人いた。

高井以外は、次の三人である。

田畑《たばた》　孝《たかし》（四十歳）
久木《くき》三郎《さぶろう》（三十一歳）
相川《あいかわ》哲夫《てつお》（二十六歳）

田畑は、被害者が働いていたサラリーローン「アサヒ」の営業部長。久木と相川は、普通のサラリーマンである。

高井は、自分だけが、被害者の男だと思っていたのだが、彼女は、この三人とも、つき合っていたのである。

ただ、田畑も、ほかの一人も、金には困っていなかった。そのことが、高井をクロときめつける根拠になった。

田畑と久木は、結婚しており、相川は、結婚していなかった。

もし、高井が犯人ではないとすれば、この三人の中に、犯人がいる可能性が強い。

「この三人の中に、真犯人がいるとすれば、その男は、十二月二日に、北海道で、川島さんも殺しているはずだ。まず、二日のアリバイを調べてみてくれ」

と、十津川は、亀井たちに、いった。

刑事たちは、川島元刑事殺害についての三人のアリバイを調べた。

「久木は、今年の七月に、単身赴任で、アメリカへ行っています。彼の会社が、アメリカの電機メーカーと、提携したからです」

亀井が、十津川に、報告した。

「今月の二日には、アメリカにいたということだね？」

「それは、間違いありません」

「ほかの二人は？」

「若い相川は、今年の三月に、結婚しました。見合いです。そのことは、どうということもありませんが、十二月一日から休暇をとって、夫婦で、嫁さんの故郷である岡山へ行っています。これも間違いありません」

「すると、残るのは、田畑だけか。まさか、彼にも、アリバイがあるというんじゃないだろうね？」

「田畑は、現在も、サラリーローン『アサヒ』の営業部長ですが、奇妙なことに、今年の八月三十日から、心臓病を理由に、会社を休んでいます。『アサヒ』の話では、六カ月間の休暇を申請しているそうです」

「それで、田畑は、どこかの病院に入院しているのか？」

「いえ。自宅療養です」

「今月の二日には、自宅にいたのか？」

「自宅は、新宿のマンションです。２ＬＤＫのマンションです」

「会社は、儲《もう》かっているんだろう？」

「小さな都市銀行より、利益は、大きいといわれていますね」

「そこの営業部長が、２ＬＤＫのマンション暮らしかい？」

「それが、去年の十一月に、離婚して、家を奥さんに渡して、田畑自身は、マンション暮らしを始めたわけです」

「井上由美子が殺されたのが、確か、去年の十月二十五日だったね？」

「そうです。田畑夫婦は、その直後に、別れています」

「そいつは、面白いね。ところで、田畑のアリバイは？」

「田畑は、十二月二日は、ずっと、自宅マンションにいたといっていますが、ひとりで住んでいるわけですから、証人はおりません」

「彼は、北海道と、何か関係があるのかね？」

「北海道に別荘を持っています」

「今でも、持っているのか？」

「今でもです。別れた奥さんも、北海道の別荘には興味がなかったようです」

「北海道のどこだ？」

「それが、洞爺湖の近くです」

「函館じゃないのか？」

「しかし、洞爺は、函館の近くです。函館本線で、洞爺から函館まで、特急なら二時間で着きます」

「田畑が、たびたび、洞爺湖に行っているとすれば、函館近くのことも、くわしく知っている可能性があるわけだな？」

「そうです」

「田畑が、去年の事件の犯人だとすると、動機は、何だったんだろう？」

「今のところ、まだわかりません」

「田畑が、犯人だとすると、去年の捜査のとき、何か、見落としていたものがあったことになるね」

「そうです。それが、問題ですが」

「もう一度、調書を読んでみたんだが、犯人が、被害者を殺して、預金通帳と印鑑、それに、五十万円の現金を盗んだとあるが、そのうち、五十万円は、高井が持っていた。しかし、預金通帳と印鑑の行方は、書いてなかったね」

「このときは、高井が、現金は使う気でいたが、通帳のほうは、盗んだものの、おろせば、足がつくと思い、処分してしまったのだと、考えたんですがね。川島さんは、そう考えていましたよ」

「田畑が犯人だとすれば、違ってくる。彼は、金に困っていなかったんだろう？」

「そうです」

「それなのに、なぜ、井上由美子を殺して、預金通帳と現金を盗んだんだろう？」

「高井を、犯人に仕立てあげるためでしょう。高井は、金に困っていて、投げ込まれていた五十万円を、自分のポケットに入れてしまいましたからね」

「それなら、通帳と印鑑も、高井のアパートに投げ入れておけば、完璧《かんぺき》だったんじゃないかね？」

「確かに、そうですね」

「だが、そうしなかった。田畑が、井上由美子の預金をおろした形跡もない」

「そうです」

「とすると、田畑は、預金通帳そのものが、欲しかったんだ。彼女の預金通帳に、田畑にとって、不利な何かがあったんじゃないかね」

「調べてきましょう」

8

亀井は、被害者井上由美子が、預金していたM銀行池袋支店へ行って、調べてきた。

「彼女が殺されたとき、預金額は、三百二十万円でした」

「少ない額じゃないね」

「銀行の元帳によりますと、彼女の口座に、毎月決まって、二十万円が振り込まれています」

「彼女の月給は、二十万足らずだったから、彼女自身の預金じゃないね」

「振込人の名前は、いつも、中田一郎です。N銀行の新宿支店で振り込んでいるので、田畑の顔写真を持って、受け付けた行員に見せたところ、間違いなく、本人だといっていました」

「田畑と被害者は、毎月二十万円を渡す仲だったというわけだね」

「それに、彼女が住んでいたマンションも、田畑が買ったのかもしれません。二十代のOLに、二千九百万円のマンションが、そう簡単に買えるとは、思えませんから」

「そんなに、田畑は、井上由美子に参っていたのかね？」

「そうは考えられませんね。田畑は、ケチな男ですから、ほかに、三人の男がいる女に、大金を注《つ》ぎ込むとは思えません」

「すると、脅迫か？」

「その線だと思いますね。被害者は、何か、田畑の弱みをつかんで、脅迫していたんです。その結末が、殺人になったわけでしょう」

「田畑は、預金通帳を見られると、脅迫されて、毎月、金を払っていたのがわかってしまうから、殺したあと、通帳を持ち去って、処分したんだろう」

「私も、そう思います」

「刑務所に入った高井は、田畑の存在に気付いて、川島さんに手紙を書いたんじゃないかね。井上由美子は、たぶん、誰かに、マンションを買わせてやったぐらいのことを、高井に話していたのかもしれない。それを思いだしたんだろう」

「高井は、家族に恵まれていません。それで、自分を刑務所に送った川島さんに、手紙を書いたんだと思いますね。川島さんは、高井が、死んでしまったことで、いっそう、事件を、もう一度、調べてみる気になったんでしょう。田畑は、それを知って、急に、心臓病を理由に、半年間の休みを取った。そして、川島さんを殺す計画を立てたんだと思いますね」

亀井が、確信を持っていった。

川島に追われることになった田畑は、北海道の函館に、呼び出して、殺したのだ。函館へ、何時までに来てくれれば、すべてを話すとでも、電話で、川島にいったのかもしれない。

田畑は、待ち受けていて、川島を殺し、翌日、東京に引き返すと、川島の家を、家捜しした。彼が見つけようとしたのは、高井が、川島宛に書いた手紙だったのではないか。

「田畑が、去年、井上由美子を殺し、先日川島さんを殺した。問題は、川島さんを、どうやって殺したかだ」

十津川は、最初の疑問に、立ち戻ったのを、感じた。

川島は、十二月二日、一三時五五分羽田発の便で千歳空港に向かった。

これは、間違いない。

千歳空港着が、一五時二〇分。そして、一五時四〇分千歳空港駅を出る特急「おおとり」で、函館に向かった。車掌が、グリーン車に乗っている川島を見ているから、それも、間違いないだろう。

川島は、翌朝、函館駅近く、渡島大野駅の傍の線路際で、死体で、発見された。

十津川たちの調査によれば、川島は、長万部で、特急「おおとり」を降り、普通列車に乗りかえて、函館に向かった。そして、その普通列車の車内で、犯人にくびを絞められ、渡島大野駅近くで、窓から、突き落とされたことになる。

川島が、長万部で、特急「おおとり」から降りたことは、彼が、あわてて降りたために、グリーン車の通路に、ジッポーの名前入りのライターを落としたことで、証明された。

川島が乗ったと思われる普通列車は、一七時五二分に長万部を出発し、渡島大野二〇時四〇分、次の七飯が二〇時四六分発になっている。この間で、川島は、窓から、突き落とされたものと思われる。

死亡推定時刻が、ぴったり、一致するからである。

田畑が、犯人なら、彼も、川島と一緒にいたに違いないのだ。

「カメさん。一緒に、北海道へ行ってみないか」

と、十津川は、亀井を誘った。

「行けば、事件が解決すると、お考えですか？」

「少なくとも、東京にいては、解決しないことだけは、確かだね」

「じゃあ、考えることはありません。さっそく、出かけましょう」

亀井は、賛成した。

十津川は、函館署の山口署長に、電話を入れて、今日、そちらへ行くつもりだと伝えた。

「出来れば、事件の日の上り特急『おおとり』の車掌に会いたいのですが」

「すぐ、鉄道管理局へ電話して、こちらへ来てもらっておきましょう。殺人事件の捜査ですから、来てくれると思います」

と、山口は、約束してくれた。

十津川は、電話をすませたあと、亀井と警視庁を出て、羽田へ向かった。

事件の日に、川島が乗ったと同じ一三時五五分発の便に乗りたかったが、すでに、午後二時を過ぎていた。

二人は、函館行きに乗らず、千歳から回ることにして一六時発の千歳行きＪＡＬ５１９便に乗った。

「田畑は、北海道で、川島さんを待ち受けていたんだと思いますね」

北へ飛ぶジェット機の中で、亀井が、十津川に、話しかけた。

「そうだろうね。川島さんが、『おおとり』から、長万部で、普通列車に乗りかえたのは、川島さん自身の意志とは思えない。田畑が一緒に乗っていて、乗りかえさせたんだと思うね」

「同感です。川島さんが、グリーン車に乗っていたというのも、おかしいと思います。あの人は、どんなときでも、自由席に乗る人でした。今度に限って、グリーン車に乗ったというのは、川島さんらしくありません。まして、途中の長万部で降りて、普通列車に乗りかえるのなら、なおさらです。田畑が一緒で、仕方なく、グリーン車に乗ったのだと思いますね」

「あるいは、田畑が、千歳空港で待っていて、先に、上り特急『おおとり』のグリーン車の切符を買っておき、川島さんを、乗せたのかもしれない」

「そうなると、当日の車掌が、川島さんと一緒にいた田畑を、覚えているかもしれませんね」

「私も、それを期待して、田畑の写真を持ってきたんだがね」

千歳空港に着いたのが、一七時二五分である。

空港内の食堂で、軽い夕食をとってから、二人は、一八時一一分千歳空港駅発の特急

「北斗《ほくと》6号」に乗って、函館に向かった。もちろん、グリーン車ではなく、自由席である。

すでに、車窓の外は、夜であった。車内は暖房がきいているが、外の冷気が、窓ガラスをくもらせていた。間もなく、北海道に、雪の季節が、訪れるのだろう。

函館着は、二二時〇一分だった。定刻着だが、雪が降り出したら、北海道の鉄道は、定刻に着くのが、まれになるのだろうか。何年か前、十津川は、二月の北海道へ来て、三時間近く、列車が延着したのにぶつかったことがある。

函館署に着くと、山口署長が、事件当日の「おおとり」の松下《まつした》車掌を呼んでおいてくれた。

9

四十七、八歳の小柄な車掌だった。

「こんなに遅くまで、待っていただいて、申しわけありません」

十津川が、まず、礼をいうと、松下は、手を振って、

「明日の函館発の下り列車乗務ですから、かまいません」

と、いってから、十津川の名刺を見て、

「先日、十津川直子さんという方に、当日の列車のことをご説明しましたが、関係のあるお方ですか？」

「あれは、家内です。どうも――」

十津川は、ちょっと、顔を朱《あか》くした。

「なるほど。それで今日は、どんなことでしょうか？」

「上りの『おおとり』のグリーン車で、亡くなった川島さんを、ごらんになったそうですね」

「ええ。千歳空港駅を出てすぐ、検札に伺ったとき、函館着の時間をきかれました。間違いなく、川島という方です。写真を見て、この人だと思いました」

「そして、長万部を出てすぐ、グリーン車で、ジッポーのライターが、見つかったんですね？」

「ええ。グリーン車のお客さんの一人が、今、長万部で降りた客が、落としていったといって、わざわざ、車掌室まで、持って来て下さったんです」

「実は、そのライターが、川島さんのものだったんですよ」

「そうですか」

「ところで、この写真を見ていただきたいんです。同じ『おおとり』のグリーン車に、乗っていたと思うんですがね」

　十津川は、田畑の顔写真を、松下車掌に見せた。

　松下は、じっと見ていたが、ニッコリ笑って、

「覚えています。確かに、あの日の上り『おおとり』のグリーン車に乗って、おられました」

「本当ですね？」

　大事なことなので、十津川は、念を押した。

「間違いありません。この方なら、よく覚えています」

　松下は、大きく肯いた。

　十津川は、かえって、不安になって、

「グリーン車には、ほかにも、乗客はいたわけでしょう？」

「当日は、五〇パーセントぐらいの乗車率でしたから、二十四、五人の方が、グリーン車にお乗りでした」

「その中で、どうして、この男だけ、よく覚えていらっしゃるんですか？」

　十津川が、きくと、松下車掌は、微笑し、秘密でも明かすように、

「実は、この方が、ジッポーのライターを、届けて下さったんですよ。だから、はっきり

覚えているんです」

「田畑が――？」

十津川は、亀井と、顔を見合わせてしまった。意外な答えだったからである。

「本当に、この男が、ジッポーを、届けたんですか？」

と、亀井が、念を押した。

「そうですよ。この方が、届けて下さったんです」

「上り『おおとり』が、長万部を出てからですか？」

「そうです。長万部を出て、五、六分してからでした」

「時刻は、何時頃でしたか？」

「上り『おおとり』の長万部発が、一七時四八分ですから、一七時五三分か、四分頃だったと思いますね」

「グリーン車の乗客に、ライターを失くさないかと、マイクで、きいたりはなさらなかったんですか？」

亀井がきくと、松下車掌は、笑って、

「しませんよ。ライターを届けて下さった方が、今、長万部で降りた人が落としたといわれましたからね」

確かに、松下車掌のいうとおりだった。長万部で降りた客が落としたのに、残った乗客に、落としませんでしたかと、ききはしないだろう。

「上り『おおとり』は、長万部を出ると、終点の函館まで、停車しませんでしたね？」

十津川が、きいた。

「ええ、停車しません」

10

松下車掌に、礼をいって別れ、十津川と、亀井は、函館市内のホテルに、入った。

十二階の部屋に入ると、有名な函館市の夜景を、眼下に見下ろすことが出来たが、十津川も、亀井も、浮かない顔をしていた。

「参ったね」

と、十津川は、百万ドルの夜景に向かって、呟《つぶや》いた。

「参りましたね」

亀井も、いった。

「川島さんが、長万部で、普通列車に乗りかえ、田畑が『おおとり』に残ったとすれば、田畑には、殺せないことになってしまう。これでは、まるで、田畑のアリバイを証明してやるために、函館へ来たようなものじゃないか」

「しかし、警部、こうは、考えられませんか。田畑は、『おおとり』が、長万部を出てから、五、六分して、車掌室へ、川島さんのライターを持って行っていますから、函館まで、『おおとり』に乗っていたことは、間違いありません。長万部から、終点の函館まで、停車しないんですから」

「それで？」

「一方、川島さんは、長万部で降りて、普通列車に、乗りかえたと、思われていますが、その証拠は、どこにもないんです。乗客が、車掌室に、川島さんのライターを持って行って、今降りた人が、落としたといっただけです。だから、川島さんが、長万部で降りて、普通列車に乗りかえたと考えたわけですが、ライターを届けたのが、容疑者の田畑となれば、話は別ですよ。彼が、嘘をついたということは、十分に考えられます」

「つまり、川島さんは、長万部で降りずに、函館まで、『おおとり』に、乗って行ったということかい？」

「そうです。川島さんのライターを取りあげるのは、簡単だったと思いますね。列車が、長万部を出たあと、川島さんに向かって、煙草を吸いたいが、ライターがない、貸してくれないかといえば、人の好《い》い川島さんだから、必ず貸しますよ。田畑は、それを、そのまま、車掌室に持って行ったんだと思いますね。あとで、川島さんが、ライターのことをいったら、何とか、ごまかしておいて、殺してしまったに違いありません」

亀井は、自信を持って、いった。

確かに、亀井のいうとおりに、簡単に出来るだろう。

「では、川島さんは、田畑と一緒に、上りの特急『おおとり』で、函館へ向かったとしよう。しかし、カメさん。特急の窓は、開かないんだ。函館への途中で、川島さんのくびを絞めて殺し、窓から突き落とすことは、出来ないよ。車掌室の窓は開くが、車掌の松下さんは、函館に近いところで、車掌室を空けたことはないと、証言しているんだ」

「じゃあ、こう考えるのは、どうですか。田畑と、川島さんは、一緒に、上り特急『おおとり』で、函館まで行った。函館からは、下りの普通電車が出ているんでしょうから、それに乗って、引き返せば、窓から、突き落とせるんじゃありませんか？」

「それが、駄目なんだ」

と、十津川は、いい、ホテルの伝票の上に、ボールペンで、現場近くの路線図を描いた。

「これをよく見てくれ。肝心なのは、七飯と大沼の間が、二本に分かれていることだ。この区間は、勾配がきついので、左側の線路を、函館行きの上り列車が走り、勾配のゆるい右側の線路を、下り列車が、走っているんだ。川島さんの死体が発見されたのは、左側の線路の『渡島大野』駅近くだ。君のいうように、函館まで行って、下りの普通列車に乗りかえて、引き返したとする。下りだから、七飯のあと、右側の線路に入ってしまう。普通列車だから、窓は開くが、×印を通らなくなってしまうんだよ。下りの線路を走るわけだからね」

「うーん」

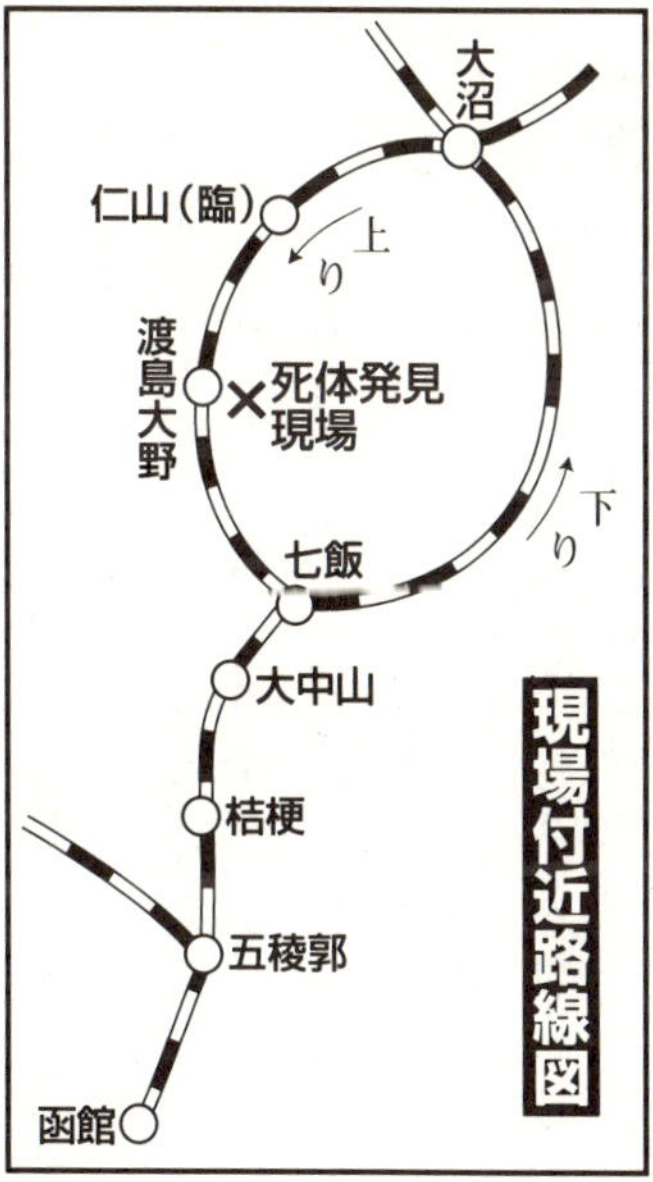

と、亀井は、唸《うな》ってしまった。

「これは、参ったな」

亀井は、頭をかいた。

やっと追いつめたと思った獲物が、するりと、逃げてしまった感じだった。

「すると、やはり、列車の窓から突き落としたのではなく、車で運んで行って、線路の脇に、捨てたということでしょうか。切符は、余分に一枚買っておけば、死体のポケットに入れておくことが出来ます。上りの『おおとり』が、函館に着くのは、一九時二四分になっています。函館から、死体のあった現場までの距離は、約十八キロですから、死亡推定時刻の一九時から、二一時までの間には、ゆっくり、現場に着けます。川島さんの身体に、打撲傷《だぼく》があって、それが、列車から突き落とされた証拠みたいにいわれていますが、車をぶつければ、同じような打撲傷を与えられると思いますよ」

「しかし、カメさん。確か、田畑は、運転免許がないんじゃなかったかね。去年の事件の調書に、そんなことが書いてあったような気がするんだが」

十津川がいうと、亀井は肯いた。

「確かに、田畑は、今でも車の運転が出来ないはずです」

「そうなると、函館から現場まで、タクシーで行ったことになるね」

「私も、そう思います。たぶん、田畑は、川島さんを、だまして、現場まで連れて行ったんでしょう。生きたまま、現場まで連れて行ったのなら、タクシーは、べつに、怪しまずに、二人を、乗せたと思いますね」

「明日になったら、その考えが正しいかどうか、調べてもらおう」

そう決めて、二人は、ベッドに入り、翌日、函館署員の協力を得て、函館駅周辺のタクシーの聞き込みを行なった。

上りの特急「おおとり」が、函館に着くのが、一九時二四分だから、タクシーに乗ったとすれば、午後七時三十分から四十分頃だろう。

田畑と川島の写真のコピーを持った刑事たちが、一斉に、タクシー運転手たらに、当たった。

二日間にわたって、函館周辺で、仕事をしているタクシー運転手に当たってみたが、事件当日、川島と田畑を乗せたという運転手に、ぶつからなかったし、現場近くまで、客を運んだという運転手も、見つからなかった。

更に、事件当日の切符も、調べてみた。

上り特急「おおとり」の千歳空港から函館までのグリーンの切符の枚数である。

松下車掌は、列車が、千歳空港駅を出てすぐ、グリーン車の検札をしている。

そのとき、何人の客が、千歳空港駅から乗ったか、確認していた。

その人数は、十一人である。そのうち、函館までの切符を持っていた乗客は、七人だった。

亀井の推理が正しいとすれば、田畑は、千歳空港駅で、切符を一枚よけいに買っておき、それを、川島のポケットに入れておいたことになる。

しかし、函館駅で回収された切符は六枚と、川島が持っていた一枚の合計七枚に対して、千歳空港駅で売られたのも七枚で、余分には、売られていないのである。

肝心の切符は、一枚余分に買った者はいなかったのだ。

「これがどういうことか、わかるかね？」

十津川が、考えながら、亀井にきいた。

「わかります。川島さんは、函館駅で、降りなかったということですね。もし、改札口を出ていれば、切符は持っていなかったはずですから」と、亀井が、いう。

「そうなんだよ。つまり、元に戻ってしまったんだ。川島さんは、やはり、列車の中で、絞殺され、窓から、突き落とされたんだ」

11

推理も、元に戻り、同時に、疑問も、元に戻ってしまった。

わかっているのは、川島が、事件当日、千歳空港駅から、上りの特急「おおとり」に、乗ったことである。

グリーン車に、川島が乗っていて、函館着の時刻をきいたことは、松下車掌が、証言している。

容疑者の田畑も、同じグリーン車に乗っていたことは、同じ松下車掌の証言によって、明らかである。

しかも、田畑の場合は、「おおとり」が、長万部を出たあとで、車掌に会っている。「おおとり」は、長万部を出たあと、終着函館までは停まらないから、田畑が飛び降りでもしない限り、函館まで行ったことになる。

川島が、長万部で降りたとすれば、田畑は、完璧なアリバイを持っていることになるのだ。

川島が、実際には、長万部で降りず、「おおとり」に乗って、函館まで行ったとすると、どうやって、現場に、突き落としたか、わからなくなる。特急の窓は、開かないからである。

函館に着いてから、下りの普通列車に乗って、引き返すのは、川島が、上りの線路際で死体で見つかったことで、おかしくなってしまう。

残るのは、結局、長万部で、「おおとり」から、普通列車に乗りかえたという推理である。

「おおとり」の長万部着が、一七時四六分。その六分後の一七時五二分に、長万部から、列車番号646Dの普通列車が、函館に向かって、発車している。

川島は、この列車に乗った。そして、渡島大野を過ぎたところで、何者かに絞殺され、窓から、突き落とされたに違いない。これなら、時間もぴったり合うし、川島のポケットに「おおとり」の切符があって、おかしくない。

ただし、これでは、田畑に完全なアリバイが出来てしまって、彼は、犯人では、なくなってしまうのである。

「共犯者がいたと考えるのは、ナンセンスだ」

と、十津川は、いった。

もし、田畑に共犯がいたのなら、こんな、すれすれのアリバイは、作らずに、自分を、完全な安全圏に置いて、共犯者に殺させるだろう。

「間違いなく、田畑が、川島さんを殺したんだよ。そこに戻って、考えてみよう。君のいうように、田畑が、『おおとり』で、函館へ行ったのなら、川島さんも、函館へ行ったに違いない」

十津川は、自分にいい聞かせるように、いった。

「しかし、警部。函館から引き返す下り列車は、別の線路を走ってしまいますよ」

「わかっている。とにかく、田畑が、函館に着いた時刻に、駅へ行ってみよう。何か、道が、開けるかもしれないからね」

12

その夜、一九時二四分。午後七時二十四分に、十津川と、亀井は、函館駅へ出かけた。

すでに、完全な夜の気配である。

一応、渡島大野までの切符を買って、二人は、改札口に入った。

ちょうど、上りの特急「おおとり」が、網走からの長い旅を了《お》えて、ホームに入って来たところだった。

乗客が、降りてくる。

あの夜も、川島元刑事は、田畑と、降りて来たのだろうか。

川島が、「おおとり」の切符を持っていたということは、改札口を出ずに、ここから、下りの列車に乗りかえたことを意味している。

下りの気動車は、一九時三三分発の長万部行きである。

キハ22系と呼ばれる赤い車体の気動車で、排気ガスのせいか、汚れて見える。

寒い北海道用の車両なので、窓は小さいが、それでも、人間一人を放り出すだけの広さは、十分である。

がらがらかと思ったが、意外に、乗客の数が多いのは、函館本線という幹線が、特急や、急行ばかりが多く、各駅停車の普通列車が少ないからだろう。

座席は、空《あ》いていたが、十津川と亀井は、ドアの近くに立っていた。

二人の乗った気動車は、ごとごとと、走り出した。

五稜郭《ごりようかく》、桔梗《ききよう》、大中山《おおなかやま》と、停車するたびに乗客の数が、減っていく。

七飯では、かなりの乗客が降りた。ここから、函館へ通勤するサラリーマンが多いらしい。

ここから、下り線と、上り線が、大きく分かれる。

がらがらになった車内で、十津川は、じっと、窓の外を見つめた。

人家の灯が、次第に少なくなってきて、山間《やまあい》に入っていく感じだった。勾配もきつくなるので、下りのために、大きく迂回する線路を作ったのだろう。

七飯から、その迂回線へ入るはずだった。入ってしまえば、川島が死んでいた場所から、どんどん離れてしまう。

列車は走り出した。

「あれ？」

と、亀井が、声を出した。

「左へ曲がって行きますよ」

「変だな」

十津川も、窓の外に、眼をこらした。

確かに、列車は、左へ折れて行く。迂回線は、右へ回るはずなのに、二人の乗った普通列車は、逆に回って行く。
五、六分すると、小さな駅に停まった。下り線は、大沼まで停まらないはずだった。
「渡島大野」の駅名が見えた。

この近くに、川島の死体があったのである。

十津川が、首をかしげているうちに、列車は、発車し、次の仁山《にやま》に、向かった。

ここは、臨時駅だが、列車は、無人駅のここにも、停車した。

十津川は、最後尾の車両にいる車掌に会いに行った。

「なぜ、この列車は、下りなのに、こちら側の線路を走っているんですか？　下りは、勾配のゆるい迂回線を走るんじゃないんですか？」

十津川が、きくと、車掌は、

「特急と、急行は、すべて、おっしゃるとおり、上りが、渡島大野駅のある在来線を走り、下りは、新しい迂回線を走ります。しかし、普通列車は、下りも、在来線を走るんです」

と、微笑しながらいった。

「普通列車は、全部、下りも、こちら側を走るんですか？」

「いや、普通列車でも、迂回線を走るものがあります。函館発の下りの普通は、一日、十二本ですが、そのうち三本は、特急や急行と同じように、迂回線を走ります。残りの九本が、こちらの在来線を走るわけです。まあ、北海道以外の方は、特急か急行にお乗りになるでしょうから、下りと上りは、すべて、別の線を走ると思われるでしょうね」

田畑は、それを利用して、際どいアリバイ作りをしたのだ。

十津川は、亀井のところに戻ると、「田畑を、逮捕しよう」と、いった。

田畑の自供によれば、彼が、会社の金を不正に流用していたのを、部下の井上由美子に見つかり、脅迫された。

一カ月に、二十万円を、彼女の預金口座に振り込んでいたが、彼女は、次第に、要求をエスカレートして、毎月の金のほかに、ダイヤが欲しいとか、高級時計、毛皮が欲しいなどといい出した。

田畑は、去年の十月二十五日の夜、要求されたダイヤの指輪を買って持っていくといって、彼女のマンションに行き、殺害した。ゆすられた証拠になる預金通帳と印鑑は盗み、現金五十万円は、彼女の恋人である高井涼一のアパートに投げ込んでおいた。

高井のことは、彼女から、いろいろと聞いていた。失業中で、金に困っているということもである。

田畑の思惑《おもわく》どおり、高井は、五十万円を、警察に届けず、彼は、殺人犯として、刑務所に、入れられた。

だが、今年になって、元刑事の川島が、急に、田畑の周囲を調べ始めた。服役中の高井が、殺された由美子が、会社の上司をゆすって、大金を手に入れていると、話したのを思い出し、それを手紙に書いて、川島に送ったのである。

田畑は、川島の追及をさけるために、会社に病気で休ませてほしいといい、北海道の別荘へ引き籠《こも》ったが、それでも、川島は、追及してくる。

そこで、すべてを話すといって、川島を、北海道へ呼び出して、殺したのである。

十津川や、亀井が、推理したとおり、田畑は、千歳空港駅まで迎えに行き、前もって買っておいた上り特急「おおとり」のグリーン車の切符を渡し、それに乗った。

車内では、「渡島大野」の知人のところに、問題の預金通帳と印鑑がかくしてあるといい、一緒に来てくれれば、渡すといった。

渡島大野には、函館から引き返したほうが早いといっておき、長万部を過ぎたところで、川島に、ライターを借り、それを、車掌に渡して、今、降りた乗客が、落としたと、嘘をついた。それで、アリバイが、出来ると、読んだからである。

函館から、普通列車で引き返し、渡島大野が近づいたとき、

「あのあたりに、知人の家があります」

と、窓の外の人家の灯を指さし、川島が、窓を開けて見たとき、背後から、くびを絞めて、突き落とした。

そうしておいてから、翌日、東京に飛び、川島の家に忍び込み、高井涼一の手紙を、盗み出した。

十津川が、本当に、事件が終わったと感じたのは、そうした田畑の自供を得て、川島元刑事の霊前に報告したときだった。

あとがき

高原鉄道殺人事件

雪を頂いた雄大なアルプス連峰をバックに、二両編成の赤い気動車《ディーゼル・カー》が走っている写真を、見たことがあった。

いかにも、のんびりとした、メルヘンの世界のような写真だった。こんな列車に乗ってみたいと思って調べたら、高原鉄道の名前で知られている小海《こうみ》線であった。

おおぞら3号殺人事件

北海道は、広大で、厳しい自然条件に、支配されている。

特に冬は、零下何十度にもなる。その中を走る列車も、特別に造られたものでなければならない。北海道の鉄道を利用する楽しみの一つは、特別仕様の車両にめぐりあえることである。

キハ183系と呼ばれる気動車特急のニューフェイスも、その一つである。角張ったいかつい正面は、いかにも、北海道の大地を走るにふさわしい。
このキハ183系列車が、函館《はこだて》—釧路《くしろ》間を走る特急「おおぞら」である。

振り子電車殺人事件

新幹線のように、広軌《こうき》で、直線部分が長ければ、スピードはあげられる。しかし、日本の大部分の線路は、狭軌《きょうき》で、しかも、曲線《カーブ》が多い。特に、南紀の海岸を走る紀勢本線は、S字カーブが連続する。そんなところで、スピード・アップするにはどうしたらいいか。
その難問を解決したのが、振り子電車だといわれている。その乗り心地がどうかは、まず、自分で乗ってみたらいい。ひょっとすると、ミステリーの世界に、引きずり込まれるかもしれない。

内房《うちぼう》線で出会った女

東京で育った私にとって、東京湾の反対側に広がる内房の海は、もっとも近くにある、きれいな海だった。また、南房総は、東京より、早く春が来るといわれていて、黄色い菜の花に、白い蝶《ちょう》が飛び交《か》う写真を見ると、もっとも身近な南の国だった。

そんな子供の時の郷愁をもって書いてみた。

殺意の「函館本線」

今、一番面白いのは、北海道の鉄道だろう。もっとも発展性が高いのも北海道の鉄道だし、同時に、赤字で廃止されやすいのも北海道の鉄道だからである。

函館本線も、幹線鉄道だが、同時に、ローカルの面も持っている。その二面性を小説にしてみた。

なお、各作品には、雑誌に発表された当時の時刻表が、使われている。例えば「高原鉄道殺人事件」は昭和58年10月の時刻表である。

（この作品『高原鉄道殺人事件』は、昭和六十三年二月、光文社から文庫判で刊行されたものです）

一〇〇字書評

切り取り線

本書の購買動機（新聞名か雑誌名か、あるいは○をつけてください）

＿＿新聞の広告を見て	雑誌の広告を見て	書店で見かけて	知人のすすめで

住所

なまえ

年齢

職業

あなたにお願い

この本をお読みになって、どんな感想をお持ちでしょうか。右の「一〇〇字書評」を私までいただけたらありがたく存じます。今後の企画の参考にさせていただきます。

あなたの「一〇〇字書評」は新聞・雑誌などを通じて紹介させていただくことがあります。そして、その場合は、お礼として、特製図書カードを差しあげます。

右の原稿用紙に書評をお書きのうえ、このページを切りとり、左記へお送りください。電子メールでもけっこうです。

〒101-8701　東京都千代田区神田神保町三―六―五
九段尚学ビル　祥伝社　☎（三二六五）二〇八〇
祥伝社文庫編集長　加藤　淳
bunko@shodensha.co.jp

●NPN853

高原《ハイランド》鉄道《・トレイン》殺人《さつじん》事件《じけん》　推理小説

平成13年5月20日　初版第1刷発行

著者　西《にし》村《むら》京《きょう》太《た》郎《ろう》

発行者　村木博

発行所　祥《しょう》伝《でん》社《しゃ》

東京都千代田区神田神保町3-6-5
九段尚学ビル　〒101-8701
☎03（3265）2081（販売）
☎03（3265）2080（編集）

印刷所　堀内印刷

製本所　ナショナル製本

ISBN4-396-32853-2 C0193

祥伝社のホームページ・http://www.shodensha.co.jp/

祥伝社文庫

西村京太郎
スーパー雷鳥殺人事件
自殺志願の男が毒殺事件に遭遇。瀕死の被害者から復讐を依頼する手紙と容疑者リストを託されるが……。

西村京太郎
伊豆の海に消えた女
青年実業家が殺され、容疑者の女が犯行を認める遺書を残して失踪。事件は落着したかに見えたが……。

西村京太郎
海を渡った愛と殺意
十津川警部と名探偵ミス・キャサリンが、日本と台湾にまたがる殺人事件の謎に挑む。著者初めての試み。

内田康夫
終幕《フィナーレ》のない殺人
十二人の芸能人が招かれた箱根の別荘のパーティで起こる連続殺人事件。犯行の動機は？　殺人トリックは？

内田康夫
志《し》摩《ま》半島殺人事件
英虞《あご》湾に浮かんだ男の他殺死体…被害者は〝悪〟が売り物の人気作家。黒い交遊関係の背後で何があったか？

内田康夫
金沢《かなざわ》殺人事件
「正月の古都・金沢で惨劇が発生した」北陸に飛んだ名探偵浅見光彦は「紬《つむぎ》の里」で事件解明の鍵を摑《つか》んだが…。